石钟山 作品

幸福像花儿一样

江苏凤凰文艺出版社

图书在版编目（CIP）数据

幸福像花儿一样 / 石钟山著. — 南京：江苏凤凰文艺出版社，2018.9
ISBN 978-7-5594-1915-6

Ⅰ.①幸… Ⅱ.①石… Ⅲ.①中篇小说－小说集－中国－当代②短篇小说－小说集－中国－当代 Ⅳ.①I247.7

中国版本图书馆 CIP 数据核字(2018)第 071735 号

书　　　名	幸福像花儿一样
著　　者	石钟山
责任编辑	孙建兵
出版发行	江苏凤凰文艺出版社
出版社地址	南京市中央路 165 号，邮编：210009
出版社网址	http://www.jswenyi.com
印　　刷	苏州市越洋印刷有限公司
开　　本	880×1230 毫米 1/32
印　　张	8.625
字　　数	185 千字
版　　次	2018 年 9 月第 1 版　2018 年 9 月第 1 次印刷
标准书号	ISBN 978-7-5594-1915-6
定　　价	45.00 元

（江苏凤凰文艺版图书凡印刷、装订错误可随时向承印厂调换）

目 录

幸福像花儿一样——001

幸福还有多远——063

幸福的完美——129

幸福像花也像草——189

X I N G———F U———

X I A N G———

H U A———E R———

Y I———Y A N G—

幸福像花儿一样

一

公元1976年,那一年的深秋,军区文工团舞蹈演员杜娟发生了一件大事。

那个深秋,某一天的中午,杜娟收到了两封男性来信,这两个男性她都认识,而且说来还相当的熟悉。

第一封是文工团白扬干事来的,他在信里这么写道:

杜娟你好:
不知道晚上有没有时间,我在排练厅等你,有话对你说。
　　　　此致
敬礼!
　白扬　即日

另一封是军区文化部文体干事林斌写来的,他在信里这么写道:

杜娟:
我这里有两张文化宫的电影票,是你最爱看的话剧《春雷》,如有时间,在你们东院的西门口等你,时间是六点三十分。

　　　　此致

　　敬礼!

　　林斌　　　即日

　　杜娟在这一天中午一下子就收到了两封男性来信,她觉得自己要发生大事了。这两封信她是拿到厕所里看的,只有厕所里才不被人打搅,没人看到她脸红心跳的样子。看完这两封信,她一时竟不知如何是好,呆呆地蹲在厕所里。在这期间,同宿舍的大梅到隔壁的厕所里去过一次,她知道杜娟就蹲在一旁,大梅完事之后,敲了敲挡板道:杜娟,怎么还拖拖拉拉的,这么长时间了,是不是"老朋友"来了?

　　杜娟含糊其辞地应了一声,大梅走了,杜娟仍蹲在那里,她要一个人好好地想一想,这究竟是怎么了?

　　杜娟二十一岁了,她到部队已经九个年头了,她是十二岁那一年被部队特招来的文艺兵。那时,她在老家那座城市里的文化宫里学舞蹈,说是学舞蹈,无非是练一些基本功,弯腰、劈腿、把杆等等。那年,军区文工团到各地去选舞蹈学员,他们一下子就看上了她,还有大梅。那时,能到部队当兵,尤其是女兵,没门没路子的连想都别想。因为部队招的是文艺兵,还是要考虑特长的,于是杜娟便成了一名文艺兵。接下来,杜娟就开始了部队的学员生活,这种生活一直持续了五年,五年不算长,也不算短,杜娟终于合格毕业了,现在成了一名排级职务的舞蹈演员。她感到生活幸福又美好。

　　她现在已经是干部身份的舞蹈演员了,也就是说,不管她以后跳好跳坏，能不能吃跳舞这碗饭，她都将是名部队干部。也就是说，她进了保险箱，不管以后在部队还是在地方，她都将是名干部。干部和一般的群众比，天上地下，不可同日而语。

二十一岁的杜娟这种优越的心理已经持续了好几年了，许多和她一起成长起来的学员，都有这种优越感。她们当学员时的那种努力、刻苦、勤奋等等，在她们成为干部演员后，都大打折扣。这一点可以从她们的体形上清楚地看到。她们胖了，先是脸圆了，然后是腿，以前细细瘦瘦的腿，变得饱满了，然后就是胸，坚挺瓷实。

这一变化，最突出地体现在她们吸引男性的目光上。她们还是学员时，走到哪里，都会吸引来一片目光，那些目光是新奇的、惊叹的。因为那时她们还小，这么小，这么漂亮的一群小姑娘，穿着军装，肯定是突出的，卓尔不群的。于是缭绕在她们周围的目光是惊奇和羡慕的。现在却不同了，不管她们是集体还是一个人，只要出现在公开场合，她们都会把男性的目光牢牢地吸引到自己身上。那是男人欣赏女人的目光，她们已经明显地感受到了周围这种目光的变化。于是她们挺胸抬头，用灿烂的表情和丰富的身体语言来迎接这种男人的目光。

她们这一茬舞蹈演员，刚二十出头，花季芬芳不能不吸引众多的年轻男性的目光。但是他们也是有自知之明的，这些女孩子他们是得不到的，只能远远地欣赏。在这之前，那些文工团的女孩子大都嫁给了有头有脸的男人。这些男人大都是父母在部队工作，自然都是首长一级的人物，孩子们自然也就有了头脸，先是参军，最后是入党、提干，然后调回军区，在机关里当参谋或干事,他们选择女朋友的目标,首先瞄准了文工团的女孩子们。 只有这样,才门当户对,况且又是近水楼台,他们得不到还有谁能得到?

杜娟这拨女孩子,早就被众多首长的儿子们物色上了。 有的已经挑明了,大梅的男朋友就是军区后勤部长的公子,这个公子现在在司令部作战处当着连级参谋。 现在每个周末,那个王参谋都要到文工团里来接大梅。 两人说说笑笑地走了,去后勤部长家。

大梅回来的时候已经是深夜了,杜娟都睡了一觉了,大梅回来之后仍然是兴奋的,她不断地在床上翻来覆去,杜娟蒙眬着眼睛去厕所,借着走廊里的灯光看到倚在床头的大梅仍大睁着眼睛。

杜娟就很不理解地说:都啥时候了,还不睡呀?

大梅就说:睡不着。

杜娟就说:那个王参谋对你好么?

大梅就潮湿地说:好。

杜娟就不说话了,大睁着眼睛望着黑夜,想象着是哪种好法。

大梅又说:王部长在催我和小王结婚呐。 王部长自然是小王的父亲。

杜娟的心里就动了一下,然后就说:结婚有房子吗?

见杜娟这么问,大梅就胸有成竹地说:王部长说了,结婚就住在家里,他们家房子多的是。

杜娟这才想起王部长住在西院首长区的一片小楼里,那是一幢二层小楼,独门独院。 王参谋是王部长最小的儿子,上面有姐姐和哥哥，哥哥姐姐早就成家另过了。王部长现在只有一个儿子在身边，住房自然不成问题。

杜娟暗自就羡慕大梅，觉得大梅找了一个中意的男朋友。

两个男人的爱意同时击中了杜娟，那个深秋的中午，杜娟捧着两封男人的来信，竟一时不知如何是好。

二

　　文工团干事白扬长得一点也不白，可以说有点黑，原来在基层部队当排长，后来父亲先是当上了军区文化部的副部长，当副部长时便把白扬调到了文工团当干事，文工团隶属文化部领导。后来白扬父亲又当上了文化部的部长，师级干部。白扬整日里就显得很优越，在文工团工作，每日里和演员们打交道，又是年轻人，正是追女孩子的时候，身上的故事就很多。

　　白扬调到文工团不久，据说先是和话剧团的"小常宝"谈过恋爱，《智取威虎山》被话剧团改编成了话剧，演过"小常宝"的女孩子也姓李，那一年只有十八岁，梳两条长辫子，走起路来一跳一跳的。自然是白扬追求"小常宝"的。前一阵子，"小常宝"刚写过入党申请书，白扬干事就三天两头找"小常宝"谈话，两人选在白扬的办公室谈，后来就在文工团的院子里谈。当时的季节是春天，杨树吐绿，到处显得生机勃勃，白扬背着手，带着几分领导做派，"小常宝"把手插在裤兜里，样子天真而又幼稚。白扬喋喋不休地说着什么，样子激动，"小常宝"半低着头，一条辫子在前，一条辫子在后，满脸羞怯的神情，两个人的样子成了那年春天文工团一道最通俗的风景。

后来两人又形只影单起来,"小常宝"在那一段时间人变得痴呆起来,有时站在一个地方好久不说一句话,就那么呆呆地望着,眼前并没有什么,但她仍痴痴呆呆地望着。不久,人们才知道,白扬和"小常宝"散伙了,白扬又和一个唱歌的女孩子谈起了恋爱。人们便明白"小常宝"为什么痴呆了,那一阵子,天真活泼的"小常宝"不见了,只剩下一个恍惚的、脸色苍白的小李。不久,"小常宝"提出了转业,再也没有出现在话剧团,听说转业手续什么的都是她哥哥来办的。人们不知道白扬和"小常宝"之间到底发生了什么。

白扬和唱歌那女孩子,恋爱似乎是有始没终,两个热乎了一阵子又热乎了一阵子,最后也不了了之了。白扬和唱歌那女孩子倒没什么新故事,只是那女孩子调到了南方一个军区,她老家在那。又一个女孩子在文工团消失了,似乎和白扬有关,又似乎无关。

白扬把自己的触角伸向了文工团的每个角落,凡是有女孩子的地方便都有白扬的身影。白扬是最后把触角伸向舞蹈队的,据大梅透露,白扬曾向她发出过求爱的信号,那时王参谋还不认识大梅,大梅也曾赴过白扬两三次约会,第一次是谈话,第二次是去看电影,第三次去公园,从公园回来的那天晚上,梳洗过的大梅脸红红地躺倚在床头冲杜娟说:我谈恋爱了。

杜娟就吃惊地说:和谁?

大梅两眼放光地说:白扬。

杜娟就有些吃惊地望着大梅说:我怎么一点也不知道。

杜娟在这方面可以说反应比较迟钝，文工团青年男女一有谈恋爱的迹象，马上会作为头条新闻传遍整个角落，最后一个知道的一定是杜娟。按现在人们的说法是，杜娟的情商有些低。八九岁开始学习跳舞，十二岁入伍，她只对跳舞感兴趣，除此之外，一切她都是很迟钝，每日里笑呵呵的，谁说的话，她都相信，跟她说完了，与自己无关的，不出第二天一定扔在脑后。因为，杜娟和大梅比起来显得单纯，单纯得有点没心没肺。大梅的事从不回避杜娟，包括第一次来月经这样羞于出口的私事。大梅只把杜娟当成一只耳朵，听过也就听过了。

那天晚上大梅便把自己初恋的幸福说给杜娟听。大梅说：白扬摸我这了。

说完用自己的手摸了一下左胸。

真的？！杜娟此时面色绯红，仿佛白扬摸的不是大梅而是自己。

如果王参谋不及时出现，也许大梅真的会和白扬有什么故事了。这时王参谋及时出现了，大梅和王参谋是经人介绍认识的，和王参谋见过一次面，又去了王参谋家里一趟之后，大梅当即做出决定，彻底和白扬断了往来。那一阵子白扬很是失落，他天天绕着舞蹈队的宿舍楼转来绕去的。王参谋正在和大梅热恋，只要王参谋一下班，便急三火四地来到文工团接大梅，那时他们把业余时间安排得丰富多彩，轧马路，逛公园，看电影，两人走在一起的身影，亲密而又幸福，白扬躲在暗处火烧火燎地看着眼前幸福的一对。

大梅投入到王参谋的幸福怀抱之后，曾和杜娟有过一次对话。

杜娟说：白干事人也不错的。

大梅说：王参谋人更优秀，他是搞军事的，以后比白扬有前途。

杜娟又说：白扬的父亲是文化部长，管着咱们你不怕？

大梅也说：杜娟你不知道王参谋的父亲是谁吧，他是后勤的王部长，军区常委，比白部长大好几级呢，我还怕白部长给我穿小鞋。

杜娟这时似乎才明白大梅为什么会舍近求远，这么快投入到了王参谋的怀抱。从那以后，白扬干事果然没再纠缠大梅，他只能远远嫉妒地看着。大梅的幸福便轻车熟路了。

在这之前，杜娟做梦也没想到白扬会给自己写信。杜娟没写过入党申请书，平时她只出入宿舍和练功房，要么就下部队去演出，文工团办公楼她很少出入，偶尔去开会，也都是和大梅等人结伴而去。以前她只远远地看过白扬，那是一个长得很结实的小伙子，要说了解白扬的话，都是从大梅嘴里得知的，包括当年和"小常宝"谈恋爱，又和那个唱歌的女孩子有来往，一直到最后白扬摸了大梅那个地方。总之，她对白扬的了解是抽象的。

大梅对白扬的评价是这样的：白干事很有激情，就像钻进女人肚子里的蛔虫，他知道你心里想的是什么。他干的事你觉得都蛮舒服的。

那时杜娟就想，大梅一定是想让白扬摸了，白扬才摸的，要不然大梅不会说这种话。

最近一段时间，白扬经常到舞蹈队的练功房里去转一转，背着手很悠闲的样子。舞蹈队的队长也很尊重白扬，毕竟是文工团机关的，况且又是白部长的公子。 队长每次见到白扬都热情地打着招呼说：白干事，有什么指示？

白扬就挥挥手说：什么指示不指示的，随便看看。

刚开始，队长以示对白扬的尊重，总要在白扬的身旁站一站，说些客套话，白扬就说：你忙，我就是看看。

队长就走了。 白扬就从这间练功房走到那一间。 练功的时候，女队员在一间，男队员在一间，白扬看男队员练功时，神情是马虎的，草草地看了，就来到女队员练功的房间。 女队员练功时，穿的都很少，练功衣裤都是紧身的，显得胳膊是胳膊腿是腿。 在白扬这种男性的注视下，这些女队员很不好意思，脸自然是红了。 白扬似乎也觉得有什么不妥，看一会儿就走了，第二天仍然来。

杜娟要说和白扬有什么接触的话，就是在不久前的一次食堂里。

杜娟打了饭坐在一个空桌前吃饭，白扬端着碗走过来，坐在杜娟的对面。 杜娟因为对白扬不熟，只和他点了点头。

白扬似乎对杜娟了如指掌。 白扬坐下就说：杜娟，你怎么一直没写入党申请书呀？

杜娟红了脸，前面说过，杜娟是很单纯的一个女孩子，她只对跳舞精通，别的事她都搞不明白，她更不知道入党和跳舞有什么关系。

杜娟红了脸，说不出话来。

白扬又说：你们舞蹈队的人，差不多人人都写了入党申请书。

杜娟这才说：她们是她们，我是我。

白扬就说：你要提高自己的认识，找个机会我和你谈谈。

说完这话之后，白扬端起饭碗就走了。今天她接到白扬的信，她不知道是不是和她谈入党的事，要是这个事，白扬完全没有必要写这封信，他可以打个电话通知她，几点到他办公室去。

那不是这事又是什么事呢？

三

如果只收到白扬的一封信,杜娟就不会这么犯难了,她一定会毫不犹豫地去赴约,不管白扬谈什么,她都会感到很高兴,甚至会感到幸福的。

偏偏在这时,林斌也来了封信,他约她去看话剧。《春雷》这场话剧她在不久前曾看过,是文工团组织看的,她很喜欢。《春雷》里那个青年百折不挠追求真理的精神深深地感染了她。她记得看《春雷》的时候,林斌就坐在她旁边,因为自己入戏了,她甚至忘记了周围人的存在,她用手帕不停地去擦眼泪,主人公的命运让她担惊受怕,她双手死死地抓着身体两旁的扶手,直到戏演完了,灯亮了,观众热烈地鼓掌,她才清醒过来,觉得很不好意思,冲林斌吐了一次舌头,然后她慌慌地随人流向外走去。 直到走到停车场,他们排着队上车,林斌才在她身后问:喜欢《春雷》吗?

她没敢回头,在灯影里她使劲地点了点头。 那天回来的路上,林斌就坐在她的后面,她没回头,但她感受到,林斌的目光一直在注视着自己,她的脸颊也因此热了一路。 那天晚上她失眠了。

林斌是军区文化部的文体干事，平时和文工团打交道很多，军区舞蹈队不管排练什么节目，事先一定要报机关审查的，林斌分管文体工作，每一次报告总是最先报到林斌那里，然后林斌就代表组织到文工团来，先找领导了解情况，最后找到这个戏的主角问一些情况，他每次都很认真地将了解到的情况记到小本子上，回到机关后，再把他了解到的情况汇报给领导，最后是白部长在汇报上画圈，不久，一份红头文件就下来了，上面说同意文工团这个节目的排练。

　　节目排练了一阵子，文化部的领导就亲自审查了，林斌自然也在其中，仍拿着那个小本子，文工团上上下下又认真准备了一通，团长、白扬等人也跑前忙后，一干人等看完了排演的节目，每次都会有些意见，先是领导们说，林斌不停地记录，到最后林斌也会说上几句，话语轻淡淡的，他总是在强调领导曾经说过的话，领导没说过的他从不多说一句，然后合上本子，恭恭敬敬地望着领导，等候领导的最后指示。

　　林斌在这种场合下，总是显得很文静，脸也长得很白，一点也不像白扬。他和白扬很熟悉，每次到文工团来，他都要和白扬说笑上一阵。

　　杜娟有一次排练了一个双人舞，节目审查的时候，林斌也来了。刚开始杜娟还能一心一意地跳舞，不经意间，她的目光和林斌的目光对视在了一起，林斌正专注地望着她的眼睛，不知为什么，在余下的动作里，她总是走神，一连出了好几个错。节目完了，她连头都不敢抬，坐在一旁，领导说了什么，她一句也没有听清楚，耳旁轰响成一片。直到领导起身离座了，林斌走过她身边时，轻轻拍了一下她的肩，说了声：你跳得不错。这句话她听清了,不知为什么,那一刻她只想流泪。

她和林斌的接触,差不多就是这些。没想到的是,林斌会在这时,给她写来这样一封信。

杜娟遇到了人生中第一件头等大事,她在厕所里,把两封信左看了一遍右看了一遍,仍没有下定最后的决心,到底该怎么办。她下定决心,向同宿舍的大梅求助了,她相信大梅,天大的事到了大梅眼前都是小事一桩,大事化小,小事化无,她有这种本事。

正是午休的时候,大梅已经躺在了床上。大梅有个毛病,每次躺在床上,总是要把自己脱得干干净净,只有这样,她才能睡着,否则,她将寝食难安。大梅说,脱光了衣服睡觉这是一种幸福,穿着衣服那才是活受罪呢。杜娟回到宿舍的时候,大梅似乎睡醒了一觉,她正眯着眼睛看杜娟,然后她就一针见血地说:杜娟你出事了?

大梅这么一说,杜娟就再也承受不住了,一股脑把两封信都塞到了大梅手上,自己坐在床沿上,手足无措的样子,她似乎在等待着大梅的宣判。

大梅看了一眼信,又看了一眼,然后就惊惊乍乍地说:呀,杜娟你了不得了,爱情来了。

杜娟就红着脸说:大梅你小点声儿,怕别人不知道咋的。

大梅就平静了一些道:杜娟你真幸福,同时有两个男人喜欢你。

杜娟就无助地说:要是一个人还好办,两个我可咋办呢?

大梅又说:白扬不错,他就是咱们团的人,年轻有为,有多少女孩子喜欢他都喜欢不上呢。

杜娟说：那我今晚就去见白扬。

大梅这时在被窝里又摇摇头说：林斌也不错，他没什么靠山，这么年轻就在大机关工作，在领导身边，以后一定会很有前途。

杜娟因此也改变了主意：那我去见林斌。

大梅沉思了一会，伸出白白的胳膊，抱住自己的头说：别忘了，白扬的父亲是白部长，虽说白扬暂时在咱们文工团这座小庙，谁敢说以后不会调动。

杜娟听大梅这么一说，更没了主意，她眼巴巴地望着大梅说：那我该见谁呀，要不我谁也不见了。

大梅望着天棚说：你都见！

杜娟就傻了似的望着大梅。

大梅把白白的胳膊收到被窝里，伸了个懒腰说：以后，那就骑驴看唱本走着瞧，谁能给你幸福，你就嫁给谁。

四

　　杜娟有大梅做后盾，心里果然踏实了下来。

　　在剩下来的时间里，杜娟倚在床上，双目盯着天花板，她在畅想自己的未来，想象着即将出现在她生活中的两个男人，她要抓住属于自己的幸福。

　　那个下午对杜娟来说冗长而又焦灼，她在激动又忐忑中终于等到了晚上。她走出宿舍门时，抹得香喷喷的大梅拍着杜娟的肩膀说：好好干。杜娟知道，香喷喷的大梅要在空下来的宿舍里等待王参谋的到来，以前大梅也是这么抽空和王参谋幽会的，可是那时杜娟什么也不懂。有一次，杜娟突然从练功房里回来，撞上了王参谋和大梅两个人正在宿舍里，她只看见大梅凌乱的床，还有面色潮红的两个人，那时她什么也不懂，傻呵呵地冲两个人乐，直到大梅急赤白脸地说：我们两个迟早是要结婚的。她仍没明白两个人躲在宿舍里到底干了些什么。现在她知道大梅为什么把自己搞得香喷喷的原因了，她出门的那一刻，冲大梅很有内容地笑一笑，心里想，迟早有一天，我也会在宿舍里幽会的。

　　六点三十分，杜娟准时来到了东院的西门口，东院是军区的家属区，但也有一些不怎么重要的单位被安排在了东院，例如文工团这样的单位，西院是办公区，还有一些师职以上的干部宿舍。 西院自然要比东院贵族一些，但东院仍有士兵站岗，杜娟出门的时候，哨兵向她敬礼。 她一走出东院门，便看见了立在树下的林斌，林斌立在那里像一个士兵一样，不错眼珠地向东院内张望着，他一看到杜娟，笑着冲她说：我还以为你不会来呢。

杜娟说：差一点，晚上我们排练。

杜娟第一次撒谎，脸红了，天暗，林斌看不到这一点。

林斌就很失望的样子。

杜娟说：晚上排练七点半呢，还有一会儿呢。

林斌的脸色就舒缓了许多，他有些尴尬地说：可惜，话剧看不上了。

两个这么说话时，是边走边说的，两人顺着军区大院外的甬道往前走去，甬道上落满了树叶，两双脚踩在上面哗哗啦啦地响着。 两个没再提看话剧的事，有一搭无一搭地说着话。

林斌问：最近在排什么节目？

杜娟说：还是那个双人舞。

林斌就点点头说：这个双人舞，部里领导很重视，还希望你们在全军汇演中拿奖呢。

杜娟不说话，只是笑。

接下来，两个就说到多长时间没回家了，由家说到家庭中的成员。 直到这时，杜娟才知道，她和林斌的老家是一个市的，他们住的不是一个区，但只隔了两条马路。 两人的样子似乎都很愉快。 不知不觉就到了七点半，这是杜娟给自己定的时间，白扬没有说具体时间，只说晚上在练功房等她。但她还是给自己规定了时间。杜娟看表的时候，林斌不无惋惜地说：你时间到了，咱们原来还是老乡，那就找个时间再聊吧。

林斌向她伸出了手，她也把手伸了过去，他握住了她的手，她觉得他的手又大又热。

她不知道白扬要和她说什么，她低着头只顾走路，差点和楼上下来的一个人撞了个满怀，她抬起头才看清对方原来就是白扬，白扬自然也看见了她，怔了一下说：我以为你不来了呢。

又是这样的开场白，说得她怔了一下，忙说，我在宿舍里有点事。

两人一边说一边向排练厅里走去，进门的时候她伸手要去开灯，他伸出手制止了她，她触到了白扬的手，白扬的手很软，还有些凉，她这才意识到，男人的手原来是不一样的。

白扬很自然地说：别开灯，太刺眼了。

窗口有一片亮光泻进来，那是月光。两人向窗口走去，就站在这片亮光里。

白扬站在她的对面，迎着月光，他就成了一个剪影。

他说：为什么不喜欢入党？他这样开场说。

她低下头笑了一下，半晌才答：什么也不为。

他说：你要写入党申请书，我会为你争取的。

她抬起头望着他，想：也许白扬以前和"小常宝"还有那个唱歌的女孩子约会时，他也是这么开场的吧，想到这，她凌乱的心稳定了下来，平静地望着他。

他说：你舞跳得不错，比大梅强多了，大梅一谈恋爱就不想跳舞了。

这时她想起呆在宿舍里的大梅，心想，此时大梅一定又把宿舍的床弄乱了。想到这，她的脸又红了一下。

白扬这时向前挪了一下身子，似乎要抓住她握着把杆的手，最后在一旁停住了，只握住了把杆。

白扬说：舞蹈队的女孩子就你不一样。

她不明白他说的不一样指的是什么，她还没有问，她就听见了他急促的呼吸声，这种呼吸，让她感到有些压迫，她似乎受到传染似的呼吸也急促起来。就在这时，白扬一把抱住了她，她没想到，他会抱她，刚想躲避，不料想，他的整个身子倾斜着压了过来，脸贴在她的脸上，他更加急促地在她耳旁说：杜娟，我喜欢你。

那一刻，她的大脑一片空白。她什么都想到了，就没想到，他会这样。她含混地说：啊，不。

他更紧地抱着她，她一时不知如何是好，浑身僵直，他的手在她身上游移，突然，他摸到了她的胸，她过电似的那么一抖，不动了。她想起大梅和白扬约会后回来对她说：白扬摸我这了。

那时她脸红心热，不知道那被男人摸过是什么滋味。此时，眼前这个男人正得寸进尺地摸她"那"，她是什么感觉呢，她觉得身体僵直得都快断掉了。一次次，她似乎是被电击中了。后来，她逃也似的离开了练功房，离开了那个男人的怀抱。

她回到宿舍，大梅正在整理自己的床铺，大梅的样子很满足,正在哼唱着《北京的金山上》,大梅一抬头看见了她,忙笑着问:怎么样? 她没有理大梅,她不知自己该说什么,一下子躺在床上,拉过被子,蒙上了头。

五

　　一个晚上，短短的时间里，单纯的杜娟经历了两个男人对自己表白爱意，林斌含蓄而又冷静，白扬直接热烈。杜娟一时不知如何是好了，她把头蒙在被子里，眼睛却睁得大大的，浑身发热，脑子发空。她想冷静地想一想，可一时半会儿却想不出个头绪，脑子里乱乱的，又空空的，她努力使自己沉静下来。

　　她没有和男人交往的经历，尤其是这么近距离接触男人。他们舞蹈队分男女两个队，她也有过和男舞蹈队员合作的机会，那时，他们的身体接触是紧密的，他们在一起要做出各种各样的动作。

　　第一次体会男人身体的时候，那是参军不久，她还是舞蹈队的学员，观摩舞蹈队老队员演出。演的是《白毛女》，"大春"上场的时候，只穿了一个体形裤，下体自然暴露无遗，她坐在前排，清晰地看见了大春的下体，那个晚上，她脑子里呈现的始终是"大春"的那一部分。她一直在心里说，原来男人是这样的呀。

　　第二天见到那个扮演"大春"的男演员时，她不由自主地脸红了。很长时间,她的这种感觉才消失。

后来就有了和男演员一起排舞的经历,身体接触自然是少不了的。刚开始,她总是害羞,做动作时,有意地和男演员保持着距离。她们的舞蹈队长是过来人,自然对她们这群小姑娘的心理了如指掌。队长就说:舞蹈演员的身体就是语言,没有男女。

队长这么说过了,每次她和男演员在一起排练时,她就默念着队长的话,可还是不行。于是,一个动作就会重复十几遍,有时是上百遍,才终于过关。日复一日地下来,她渐渐就没有了那种感觉,她眼里的男演员,只是一个舞蹈符号,甚至就是一截木头。几年下来,她再看男演员时,便心静如水了。这就是职业素质。后来队长这么评价他们这些演员。

她没想到的是,林斌和白扬一下子让她的身体激活了,他们不是男演员。而是两个活生生的男人。面对男人,杜娟不能不激动,不能不失眠。

冷静下来,杜娟一遍又一遍地问自己:我到底喜欢哪个男人?

杜娟无论如何睡不着了,她没了主张,这时她就想起了大梅。大梅在她眼里简直就是过来人,虽然她们的年龄相差无几,任何事,包括这次和两个男人见面都是大梅的主意,现在又出现了一个新问题,她要讨教大梅了。想到这,她跳下床,一下子把灯拉亮了。

大梅已睡着了,两只白乎乎的胳膊,还有半截肉肉的肩膀露在被子外面,大梅的样子很满足,也很幸福。杜娟突然发现大梅又胖了。大梅被突然而至的灯光刺激得直揉眼睛。

大梅就说：干吗呀，你脑子进水了。

这句话，当时是一句颇流行的口头语，一般年轻人都会说。

杜娟坐回到自己的床上，用被子盖住自己的下半身说：大梅，我睡不着。

这时大梅就睁开了眼睛。

大梅说：咋地？是不是让两个男人搞的。

杜娟只能点头了。

大梅说：两个人都对你说啥了？

杜娟就偷工减料地把见两个男人的大致情况和大梅说了。

大梅就说：这才哪到哪呀，早着呢。

杜娟说：那我不能同时交两个男朋友吧，总得选一个吧。

大梅说：你选什么，两个人谁说娶你了？

杜娟摇摇头。

大梅说：杜娟你别傻了，遇到这种事，男人都知道要挑一挑，就不许我们挑了。我不是跟你说了么，这两个男人各有特点，各有优长，就看谁最后能给你幸福，谁给你幸福你就嫁给谁。

杜娟仍不明就里地说：那我现在该怎么办？

大梅说：你该干啥还干啥，哪个男人约你，你都去见。

杜娟又说：要是他们同时约我呢？

大梅说：那你就选择一个去见。

杜娟听了大梅的话，仍是一脸的为难，她不知道这样下去的后果是什么。谁会让她幸福？此时的幸福对单纯的杜娟来说，如同水中月，雾中花，看不见摸不到。

大梅的话，还是对杜娟产生了重要的影响。

中午在食堂里，杜娟见到了白扬。那时杜娟正坐在桌前吃饭，白扬端着饭碗在用眼睛寻找着什么，那一刻，杜娟希望白扬走过来，又不希望他过来。她一看见白扬，她就想到了昨晚发生的事，他是那么迅雷不及掩耳，三下两把就把自己抱在了怀里。此时，她的心里也是矛盾的，她一方面希望白扬这么大胆下去，同时，她又希望白扬离自己远一点，像林斌一样和自己说话。

杜娟正想着，白扬走到了她的身边，在一个空座上坐了下来。

他看了她一眼，又看了她一眼，然后就说：晚上，你哪也别去，我去宿舍找你。

他的话似乎就是命令，可她一点也没有听出来，脸红心跳地说：也许晚上排练呢。

白扬说：我问过你们队长了，你们舞蹈队下午政治学习，晚上没有安排。

白扬说完这话，端着碗又到队长那桌去吃了，他们说说笑笑地说了什么，她一句也没有听清，耳畔里回响着白扬的话：晚上你在宿舍里等我……

同宿舍的大梅，晚饭都没有在食堂吃，就被王参谋接到家里改善生活去了，杜娟知道，大梅回来的时候，宿舍里一定又会充满鸡鸭鱼肉的气味。看到大梅现在这个样子，她有些羡慕，觉得自己很冷清。

晚饭后，刚回到宿舍，就听见敲门声。她想，一定是白扬来了。果然，白扬走了进来，白扬没有穿军装，只穿着军裤和白衬衣，显得精神焕发。

宿舍的灯是开着的，整流器发出嗡嗡的声音，隔壁宿舍的女伴在偷偷地听邓丽君的歌曲，渺远地传来邓丽君不断重复的《夜上海》。白扬并没有像杜娟担心的那样，总之，那天晚上白扬一直显得很文明。他坐在椅子上，她坐在自己的床沿。那一晚，几乎都是白扬一个人在说，说自己十六岁被父亲送到部队后，如何想家，偷偷地跑回来，父亲用棍子敲了他的腿，又把他送到了部队上。后来他提干了，当上了排长，部队拉练时，住在老乡家里，南北大炕，老乡住在南炕，男女混住在一起。又说拉练时，嘴馋，用军用棉鞋和老乡换鸡蛋的事……

白扬说得很有趣，杜娟听着也很新鲜，她不时地用手捂着嘴笑上一会儿。白扬不笑，一本正经，苦大仇深的样子。渐渐地，她的眼前就有了白扬的形象，一个调皮又玩世不恭的军人形象。不知不觉，又快到熄灯时间了，大梅还没有回来。白扬起身告辞了，这时，杜娟不知为什么竟有了几分失落，为什么失落，她自己也说不清楚。白扬走到门口的时候，又回了一次身，他伸出手，在她脸上拍了一下，她没躲，也没有必要躲，只是目光从白扬的脸上移到了地下。

他转回身说：以后我还会找你的。

熄灯号吹响的时候，大梅回来了，然后笑吟吟地说：是白扬来了吧？

杜娟有些吃惊地问：你怎么知道？

大梅说：我会闻呢。

每次王参谋来宿舍，她就闻不出来，她只能透过大梅床上的变化感受王参谋的出没。

躺在床上的时候,她闻到了鸡鸭鱼肉的气味。她的肚子"咕嘎"响了一声,她想有个家也不错。

六

林斌再一次约杜娟见面，是十几天以后的事了。那天是个星期天，昨天下了今年的第一场雪。

星期天上午，白扬又来宿舍坐了一会儿，王参谋去外地接兵去，大梅没处可去。白扬来之前，大梅和杜娟正趴着窗子向外看雪景，这时白扬就来了。三个人先是嘻嘻哈哈地说了会儿话。大梅知趣地卷起一堆衣服去洗漱间去了。因为有大梅在，虽然她此时不在屋里，但大梅的身影是随时可以出现的，因此，白扬就很不踏实的样子，这瞅瞅，那看看，背着手不停地在屋里踱步。

走了一会儿白扬说：大梅这个人心眼很多，你们俩住在一起，你要长个心眼。

白扬说大梅心眼儿多这话时，杜娟心想这是白扬在吃醋呢。白扬每次和大梅见面时总显得很不自然。不知是不是没有追求到大梅，心理不平衡的关系。白扬坐在宿舍里，就显得极不自然。一上午，白扬也没有说几句完整的话，后来大梅洗完衣服回来了，白扬就走了，杜娟自然要把他送到门口，白扬这次没有伸出手在她脸上爱抚一下。

中午的时候，大梅和杜娟都睡了一个挺长的觉，睡前两人照例说了一会儿男人。大梅每次开场都是从王参谋说起，王参谋长，王参谋短的，最后又说到王参谋家里，话语间自然少不了那栋小楼，甚至还说到王参谋家里的司机和公务员，大梅的语气里透着无限的幸福和骄傲，每次话停下来时，她都说：我们马上就要结婚了。

大梅说这样的话已经好长时间了，可一直不见大梅结婚，杜娟能感受到，大梅在日盼夜想着结婚，结婚之后，她可以名正言顺地搬到王参谋家那栋小楼里去住，也就是说，那时，她将是名正言顺的王部长的儿媳妇。到那时，谁不高看她一眼？每次说到这，大梅总是一脸的幸福和畅想。

大梅说完自己后，突然想起什么似的说：那个林斌有消息了吗？

其实杜娟这几天一直想着林斌，和林斌那次分手后，林斌曾说过，过几天就找她，可都过去十几天了，她都和白扬单独见了几次面了，林斌再也没有约过她，她曾想，也许林斌那次是无意约她，也许是自己多情了。

这么一想，杜娟就沉静下来，不一会儿就睡着了。天都暗了下来，她才和大梅从床上爬起来，这时有人就叫杜娟去接电话，电话是林斌打来的，林斌约她去自己的宿舍。

林斌住在东院的一个集体宿舍里，那里住着机关一大部分的单身汉。

杜娟以前很少到单身楼里来，七扭八绕的总算找到了林斌那间宿舍。杜娟来的时候，林斌正忙活着，林斌同宿舍的一个干事，家是本市的，今天回家了，此时宿舍里就林斌一个人。

他买来了菜,还有一条活鱼,杜娟进门的时候,林斌正在给那条鱼开膛剖肚,见到杜娟就说:今天晚上咱们自己做饭,改善改善。

杜娟觉得这一切很新鲜,也很温馨,便兴高采烈地和林斌一起干了起来,两人一边干一边说着话,无非是一些日常工作,家里又发生了什么事,从第一次知道两个人的老家是一个市之后,两人说起老家来,话语自然透着亲切和随意。

两人正亲亲热热地干着活时,突然门被推开了,进来的不是别人,正是白扬。 白扬没想到在这里会碰见杜娟,他有些吃惊地望着两个人。 倒是林斌很随意地说:杜娟是我的老乡,想改善一下伙食,叫她过来帮我做几个菜,你来了刚好,咱们一起喝几杯。

白扬腋下夹着一副象棋,下午没事,他找人下棋,他来到单身楼一连推了几个门,不是睡觉,就是会女朋友的,他才想起推林斌的门。 杜娟见到白扬的那一瞬,她也有些吃惊,要是知道会遇见他,她无论如何不会来的。 好在林斌的一番话,很快让大家轻松了下来。 白扬就大大咧咧地说:那好,晚上就在你这里改善了。

白扬有千万条理由这么随意的,他爸爸是文化部长,林斌就是父亲手下的干事,他有着这样的心理优势。

接下来,两人就坐在床上下棋,做菜的活就落在杜娟一个人的身上,林斌棋下得很不专心,不停地抬起头来,告诉杜娟盐在什么地方,油在何方。 两人一问一答的,倒平添了几分热闹。

白扬似乎下棋的兴致也不高,不时地抬起头瞟一眼杜娟。

杜娟埋着头,也不能一门心思地做菜,她在想,日后将怎样面对这两个男人呢?

菜总算是做好了,接下来三个人就坐在桌前吃饭,白扬和林斌喝酒。几杯酒下肚之后,白扬的话多了起来,声音自然也很大。

白扬说:林干事,我爸经常在家提起你,说你多才多艺。

林斌就笑,是那种挂在脸上的笑。

白扬又说:林干事,你比我有出息,在大机关,不像我,只在文工团里,小单位,没什么前途。

林斌就开玩笑说:文工团当然好,整天有那么多漂亮女孩子围着。

白扬说:围着有什么用,又不能当饭吃。

两人说到这,都笑。

杜娟不笑,她没法笑,自从白扬一进门,她的心就乱了。

杜娟这时抬起头看着林斌,林斌也还在望她,两人对视了一下,林斌冲白扬摇摇头。

白扬就说:看上谁了跟我说,我们文工团就不缺姑娘,我给你当月下老人。

林斌就低下头,摆着手说:现在还不好说,到时再说吧。

一顿饭下来,杜娟也没说几句话。两个男人刚放下筷子,杜娟就要告辞回文工团,林斌执意要送杜娟出来,这时白扬站起身来说:我替你送吧,反正我也要走了。

林斌就不好说什么了,白扬随杜娟走了出来。

到了楼下,白扬说:这里你来过几次?

杜娟看了一眼白扬说:第一次。

接下来两人就没话了，白扬一直陪杜娟走到文工团楼下，才说：我不上去了。杜娟一个人往里走。这时，白扬又把杜娟叫住了问：你和林斌真是老乡？

杜娟说：是呀，怎么了？

白扬摆摆手说：没什么。

杜娟以为这个晚上会很愉快，没想到却过得没滋没味的。杜娟有些失落。

七

接兵的人回来了,同时带回来一条不好的消息,王参谋光荣负伤了。他的一条腿被运新兵的火车轧断了。往回运新兵时,在一个兵站有两名新兵因上厕所掉队了,王参谋为了让那两个新兵上车,自己的一条腿不小心陷在轮子下,现在王参谋就住在军区总医院里。

大梅得到这个消息时,她正在练功房里练功,她差点摔倒,杜娟扶了她一把,然后大梅白着脸,匆匆忙忙地去了军区总医院。

杜娟回到宿舍时,大梅已经从医院回来了,她趴在床上正撕心裂肺地大哭,杜娟站在一旁一副不知如何是好的样子。她想起以前的王参谋,两条腿很结实,走在楼道里"嗵嗵"作响,现在王参谋没了一条腿,不知走路会是个什么样子。

团里领导,还有舞蹈队的人,轮番地来劝慰大梅,走了一拨又来一群,他们七嘴八舌地说着吉利话,他们都在试图避开王参谋的腿,可又没法避开,于是人们就在那里咬文嚼字结结巴巴地说着。

大梅渐渐平息了下来,人们陆陆续续地走了,宿舍里只剩下大梅和杜娟了，大梅不哭了，睁着一双红肿的眼睛望着杜娟，杜娟觉得有一肚子话要对大梅说，可她不知从何说起，只问了一句：你还和王参谋结婚吗？ 这么问过后，她才知道，这件事才是她最关心的。

大梅半晌说：王参谋的腿断了，可他还是王部长的儿子呀。

杜娟这才明白，大梅看中的不是王参谋，而是王参谋的父亲，王部长。 从那以后，大梅似乎就不务正业了。 她几乎整日泡在医院里去陪受伤的王参谋。 那阵子大梅很忙，她一面去陪王参谋，一面张罗着结婚，她抽空在商场里买回了大红的被面，那上面印着两只恩爱的鸳鸯。

王参谋终于出院了，那条残腿装上了假肢，如果站在那里不走路的话，和以前没什么两样，只是走起路来才发现那是一条假腿。 王参谋一出院，就闪电式的和大梅结婚了。

那是一个星期天，王部长的专车到舞蹈队来接大梅，车上扎着红花，大梅穿了一件大红外套，胸前也扎了一朵花。 文工团好多人都参加了大梅的婚礼，杜娟自然也去了，这是她第一次走进王部长家，那是一栋很漂亮的俄式风格的小楼，红色的木地板，楼上有四个房间，楼下三个房间，好多人第一次见到这小楼的真实面貌，不停地咂嘴，大梅的新房就安排在一层的一个房间里。 床是钢丝床，家具是实木的。 好多人都说：呀，真漂亮。

大梅精神焕发，一脸的骄傲。 杜娟就想，要是王参谋的腿不断，大梅会更骄傲。 喝喜酒的时候，人们不断举杯冲着大梅祝福，人们说：大梅，祝你幸福。

人们还说：祝大梅永远幸福。

人们再说：愿你们白头偕老。

……

大梅终于住进了那幢二层小楼，但集体宿舍的床并没有拆掉，她在结婚前就和团领导说好了，宿舍里这张床她仍要保留着，原因是她中午还要在这里休息。她现在已经是王部长的儿媳妇了，说话很有分量，团领导自然不好说什么，床位再紧张，不就是一张床么，就当大梅还没有结婚不就完了么，领导在这件事情上看得很开。

大梅一搬出宿舍，白扬到杜娟这里来的次数就勤了。刚开始，他还能有条不紊地和杜娟说些桃红李白的话，后来，他一进门就来搂抱杜娟，杜娟又紧张又兴奋。两人撕撕扯扯的，样子像打架。过一会儿，杜娟就老实了，她半推半就地让白扬吻她，搂她，后面的结果是，白扬想往床上躺，并开始解杜娟的衣服，直到这时，杜娟仍保持着清醒，她一方面不让自己躺在床上，另一方面也不让白扬解自己的衣扣，这时她是果决的，也是寸土不让的。

白扬努力一番没能得逞，便气咻咻地说：没见过你这样的人。

杜娟就想，自己不是这样，那么以前和白扬谈过对象的"小常宝"和唱歌的那个女孩一定是那样的人了。往下想，她似乎看见白扬搂抱着那两个姑娘往床上躺的情形，这种情景一旦产生，反倒让杜娟冷静下来了。她想，白扬和那两个姑娘恋爱都没有成功，那两个姑娘的命运都不是很好，要是自己也步那两个姑娘的后尘该怎么办。这么一想，她更加坚定了自己的信念，也就是说，要誓死保卫自己最后的防线，只要最后的防线不被突破，那她就还是一个姑娘。

每次和白扬在一起时，她总是下意识地想起林斌，林斌从来没像白扬这样急三火四的，他只拉过她的手。后来他们又去看了一次电影，当然是林斌买好票约她的，影院一黑下来，林斌手就伸了过来，大大的，热热潮潮的，她的手很顺从地让他抓住，一直到电影结束，她脑子里只剩下了林斌那只热潮潮的大手，电影演的是什么，她已经不记得了，可是那只大手仍挥之不去。

白扬抱她吻她时，有时她就想，要是林斌抱自己，摸自己，怎么办？她想象不出来那会是个什么样子。白扬对待她的样子，显得很老到，游刃有余的样子，有时她的身体随着白扬的动作热了一阵又热了一阵，有几次，她差一点把持不住自己，让白扬解开了她两个扣子，最后她还是及时地清醒了。

有时白扬也玩腻了这种把戏，不动她，只和她说些话，这时她脑子里是清晰的。

她问：以前和你谈过对象的那两个女孩，是你和她们提出分手的吧？

白扬就说：她们和你不一样。

她说：有什么不一样？

他说：她们不值得我爱她们。

她又说：你都和她们那个了，还说不爱？

他这才说：哪个了？刚开始觉得还行，后来就不喜欢她们了。

她再说：你现在觉得我还行，以后你也觉得我不行了。

这时，他又把她抱过来，让她坐到自己腿上，手就放在她的胸上。他气喘着说：我和你是认真的，我喜欢你。

她当时没说什么，心里想：也许以前他和别的女孩子也说过这样的话吧。

他又说：答应我吧，我会让你幸福的。

幸福？幸福是什么，大梅那个样子是幸福的吗？大梅自从结婚以后，人整个似乎都变了，晚来早走的，脸上整日里挂着笑，体重与日俱增，队长曾说她这样下去，怕是跳不成舞了。

杜娟也曾私下里问过大梅：你不跳舞，以后想干什么？

大梅就满不在乎地说：军区这么大干什么不行，干什么都比跳舞有出息。杜娟你以后也要做好准备，不然就来不及了。

后来大梅又问到她和林斌、白扬两个人的进展情况。自从大梅结婚之后，不知为什么，杜娟也不想把她和两个男人的事事无巨细地告诉大梅了。大梅规劝杜娟的还是那句话，谁让你幸福，你就嫁给谁。

谁能让自己幸福呢？杜娟看不清楚。

初春的时候，林斌约杜娟去公园里走一走，林斌每次约杜娟总是户外活动，或者是集体方式的活动，一点也不像白扬，白扬总是在房间里，最后的目的是床上，杜娟却一次也没有让白扬得逞，白扬有些急，又不好发火。杜娟也说不清自己的感受，她似乎喜欢林斌这样，也喜欢白扬那样，杜娟矛盾着，困惑着。

那天在公园里，杜娟很高兴，绕着一排柳树疯跑，柳树刚发芽，样子很是可爱。

站在一旁的林斌不错眼珠地望着杜娟，后来他说：杜娟，我太喜欢你的身材了，真好，就像梦。

什么梦？ 杜娟这么问他。 林斌说：梦是说不出来的，你就是我的梦。

在那个初春的公园里，林斌温柔地把杜娟拉到近前，仿佛怕伤害她似的，吻了她。 轻轻的，柔柔的，让杜娟回味了许久，这是不同于白扬粗暴式的吻，但这种吻还是让她颤栗了。她闭着眼睛，以为林斌还会有什么动作，结果什么也没有。

最后，林斌拉着她的手，顺着柳堤往前走，天是蓝的，空气是清新的，他们在潮湿的土地上向前走去。

后来，林斌冲她说：我要上学。

高考恢复了，部队的干部、战士可以报考地方院校，只是名额有限。 林斌冲杜娟说：我要争取。

杜娟不知道林斌报考院校去上学是好事还是坏事，但她意识到，林斌将离她远去，一种忧伤袭上了她的心。 不知为什么，林斌上学只是个设想，但还是影响了杜娟的情绪。

林斌似乎看出杜娟的心思了，忙说：上学才四年时间，到时，你才二十六岁，一切都不晚。

其实林斌说这句话是一句暗示，杜娟也听懂了这种暗示，也就是说，她要给林斌一个正面的答复。 她想起了白扬，她没法给他一个答复。 她只能沉默。 也就是这种举棋不定的心理，使杜娟的命运发生了不可逆转的变化。

八

世上没有不透风的墙,这句话果然在杜娟身上应验了。

杜娟又一次赴林斌的约会时,被白扬发现了。

白扬发现时没说话,他狠狠地看了一眼林斌,又狠狠地看了一眼杜娟,气哼哼地转身就走了。 杜娟好半晌才回过神来,她想该如何向白扬解释,他会听她解释吗。 如果解释不通,那就和他彻底断绝关系。 其实林斌也不错,可林斌一直没有说爱自己,也没有什么大胆的举动。 后来又想,林斌不是说喜欢自己的身材么,还说她是他的梦什么的,这么想过之后,她的心里就踏实了下来。

林斌说:白干事怎么了?

杜娟说:他脑子一定进水了,毛病。

林斌也说:就是,谁也没招他。

杜娟说:别提他了。

两个人就自然不自然地往偏僻一些的地方走去。 杜娟横下一条心,身子主动又向林斌靠近了一些,林斌似乎受到了杜娟的鼓励,也大胆地把手伸出去,揽住了杜娟的腰,她的腰第一次被林斌搂着,过电似的那么一抖,身体里有一种东西很不安分地乱蹿起来，那一刻，她的心头洋溢着不尽的幸福感。

这一刻，杜娟又想起了大梅，她想：大梅就是了不起。大梅说和王参谋结婚就是幸福，并让她在两个男人中选择幸福。现在她已经体会到了这种幸福。那个下午，她和林斌在一棵树后做了许多亲热的举动，她的身体被林斌抵在树上，仍然抑制不住一阵又一阵过电般的感觉。她想：生活是多么好哇。

那天晚饭后，杜娟刚回到宿舍，门便被白扬"砰"地推开了。

她很镇静地望着白扬，白扬的一张脸是扭曲的。白扬就变声变调地说：

你们今天下午都干什么去了？

杜娟不说，她已经横下一条心，她认为自己和白扬的关系就此结束了，这是迟早的事，她现在觉得自己找到了幸福。

好哇，你脚踩两只船。白扬这么说。

杜娟仍然什么也不说，冷静地望着白扬。

白扬又说：你们都干什么了？

杜娟说：你管不着。

白扬再说：哼，你道德败坏，你是一个骚货。

杜娟说：恋爱自由，你管不着。

白扬真的生气了，他扬起手，似乎要打杜娟，最后终于没有落下来。但他仍吼：你们多长时间了？还骗我，说你们是老乡。

白扬似乎终于明白为什么还拿不下杜娟这块高地，原来有另外一个人在捣乱。

他说：好，你在搞三角恋爱，我告诉你，有他没我，有我没他，咱们走着瞧，不把你们搞散了，我就不姓白。说完一甩门就走了。

杜娟对白扬的威胁一点也没有害怕，白扬来后，她还冷笑了两声，心想，只要我和林斌愿意，谁也别想拆散我们。

第二天中午的时候，大梅来宿舍午休，杜娟忍不住把最近发生的事都对大梅说了。

大梅就一副痛心疾首的样子，她所说的幸福，其实是偏向白扬的，林斌只是一个陪衬，那是退而求其次的选择。事情已经这样了，大梅自然就没什么好说的了，只能一遍遍地替杜娟惋惜。又说王参谋准备转业到地方的话题。

这事之后没多久，林斌突然告诉杜娟，部里那个考学名额给自己了，现在他要全力以赴复习文化课。

白扬自从和她吵过后，一次也没有来找过她。平时在路上碰见了，他也像没看见她似的别过脸去，中午在食堂吃饭时，白扬故意不坐她出现的桌子上，而是坐到别处去，大着声音和其他人说话，仿佛是故意给她听似的。她也就装得没事人似的，该干什么还干什么。如果事情仍然这样往下发展，便注定没有什么新意了，结果事情很快发生了变化，故事又得重新讲起了。

九

　　林斌先是参加了考试，在等待考试结果的过程中，他又和杜娟见了两次面。第一次在他的宿舍里，他买回了菜，做好之后，他才让杜娟来，这次没人打扰他们，但林斌似乎情绪不是很高，满怀心事似的。两人坐在一起时，气氛有些寡淡。

　　林斌说：白部长最近对我好像有什么看法。

　　杜娟和白扬的事林斌还蒙在鼓里，林斌不挑明，杜娟也不好说什么，心情异样地望着林斌。

　　第二次见面的时候，是一个晚上，在公园里。正式录取通知书还没下来，但林斌已知道自己考取了地方一所师范大学的中文系。那天晚上，林斌情绪高涨，他见到杜娟便把杜娟抱在怀里，这大大出乎了杜娟的意料，她身体抖了一下，又抖了一下。

　　林斌耳语着说：娟，我考上了，我马上就成为一名大学生了。

　　杜娟不知是喜还是忧，她被林斌的情绪感染了，于是，她由被动变为主动，也紧紧地把林斌抱住了。借着夜色两人的胆子比白天大了许多，他们先是接吻，从温柔到凶狠，再从狂风暴雨到小桥流水，两人的情绪似乎都有些失控，后来林斌就把手伸进杜娟的衣服里，只一下，杜娟似乎被一颗流弹击中了。白扬也曾摸过她，但白扬击中她的力度远不如林斌这么厉害。她几乎半躺在林斌的怀里了。接下来，胸前的几颗扣子不知怎么就开了，林斌迷乱着把头埋在她的怀里。

他说：娟，我喜欢你。

她语无伦次地说：我也是。

在那张狭窄的排椅上，他压住了她，她在下面感受到了他的冲动，她没有制止，那时她闭上了眼睛，什么都不想了，精力都集中在对他的感受上。如果他想要的话，她不会有一丝半点的反抗，结果，林斌草草地收兵了。

他只是反复地说：娟，我喜欢你，你是我的梦。

她不明白，他说的梦指的是什么，难道是他写的那些诗，那么飘渺，又那么委婉，甚至，还有一缕淡淡的忧伤。总之，她有些落寞和失望。

不久，林斌就去外地上学去了。她到火车站去送他。

后来火车就开了，一点点地驶出她的视线。

接下来的时间里，她便开始日思夜盼他的音信。

杜娟没有等来林斌的信，却等来了白扬。那天傍晚，白扬敲开了杜娟的宿舍，白扬敲门前，杜娟正坐在桌前发呆，她收不到林斌的信，心里早就胡思乱想了，她正在乱想时，白扬敲响了她的门。

杜娟看着白扬，她在生林斌的气，如果林斌给她来信了，说爱她，那么她现在一定会把白扬轰出去。

白扬说：娟，我对你是真心的，我知道这事不怪你，怪那个姓林的，是他先勾引你的。

杜娟不同意白扬用勾引这样的字眼，她和林斌往来，是她自愿的，她这么想，但没有说。

白扬又杂七杂八地说了一些什么，后来走了。

这一段时间，杜娟的情绪灰暗到了极点，没有了笑声，没有了欢乐。

大梅早就发现了这一点，大梅开导了杜娟好长时间。

大梅说：杜娟，我劝你还是实际一点吧，林斌走了，他一封信都不来，你不必为他上火。

大梅又说：白扬的条件就算不错了，他父亲马上就提拔为副军了，也算是高干了，日后还能让你吃亏？

大梅还说：林斌再好，他那么远，见不到摸不着的，谁知四年以后会什么样子呢，他有可能回机关，说不定还会分去教书呢，他考的可是师范大学。

……

杜娟听了大梅的话就一点主张也没有了。

白扬又一次出现在她的宿舍里，白扬又恢复到了以前的样子，到屋三两句话之后，便把她抱在怀里。她本能地拒绝着，因为她现在还没有忘掉林斌，林斌的影子不时地从她脑海里冒出来。

她抓咬着白扬，似乎白扬就是林斌。白扬一声不吭，任凭她抓咬。等她折腾得没力气了，他亲她，摸她，她像死了似的挺在那里，一点反应也没有。

白扬就叹口气说：你这是何必呢，就算林斌比我强，可他不理你了呀。

杜娟听了这话,"哇"地一声大哭起来。

白扬似乎很会掌握火候,这段时间,他三天两头来找杜娟,从家里给她带来一些好吃的,杜娟刚开始不吃,别着头,连看也不看。

白扬就说:这是我爸妈让我带给你的,我爸说,他看过你的演出,他也很喜欢你。

白扬还说:我妈说了,让我什么时候把你带回家里去。

……

在那天晚上,杜娟的防线终于被白扬突破了,在那一瞬,她的脑子里又闪现出林斌,她在心里说:林斌我恨你。

她想把床单洗了,可走廊里到处都是声音,她只好把床单收起来,放到床头柜里。 第二天中午,她以为大梅睡着了,便悄悄下床,从床头柜里抓过床单准备出门。

这时,大梅一把抓住了她,大梅板着脸说:杜娟你傻呀,这东西,说不定什么时候还能用上。

大梅显得比杜娟有先见之明,杜娟最后的防线被白扬攻破之后,杜娟便一点招架之功也没有了。 那些日子,每天的傍晚,白扬都会来杜娟的宿舍里,杜娟每次都想遏止白扬的作为,但最后还是一次又一次地让他得逞了。 白扬显然很有经验,他总是能很好地掌握自己,也能掌握杜娟,让杜娟尝到了肉体带来的快乐。

一天,杜娟把自己的这种感受冲大梅说了,大梅就说:你快点催白扬结婚吧,男人和女人不同,男人的新鲜劲一过,他就不把你当回事了。

杜娟似乎也感受到了白扬这种态度,两个月之后,白扬来杜娟宿舍就不那么勤了,每次来,他也不在这留宿了,态度似乎也没有以前那么温柔体贴了,每次都有些恶狠狠的。他抽空还问:你和林斌每次都是怎么亲的?

一次,她和白扬躺在床上,她忍不住问:咱们现在这关系算什么?

他说:什么算什么? 恋爱呀,谈恋爱嘛。

她说:不想谈了,我想结婚。

他一下子冲她温柔起来,把她抱过去,一边吻她一边说:咱们这么年轻着什么急呀,再玩两年,差不多再结婚。

她一下子看清了白扬的把戏,她不顾白扬的劝阻,很快把门打开了,她冲着楼道大声地说:今天我向大家宣布一个秘密,我和白扬恋爱了。

许多女伴都不知发生了什么,纷纷打开门,向杜娟的宿舍张望。

白扬一边穿衣服一边冲杜娟说:干什么呀你! 白扬那天晚上灰溜溜地从杜娟宿舍里走掉了。

白扬走了之后,便开始躲她,一见到她的影子,比老鼠见猫溜得还快。 她从大梅的床头柜里找出那条床单,塞到挎包里,然后她就找到了文工团团长的办公室。

几天之后,白扬终于露面了,他像一只老鼠似的见了她说:我同意还不行吗?

显然她的吵闹起到了结果,领导,包括他的父亲一定找了他。

十

"十一"的时候,杜娟和白扬如约地结婚了。

白扬在第一个月的时间里,总是能在下班的时候,结伴和杜娟回到家里,然后一起做饭,鸡鸭鱼肉的自然少不了。 那些日子,杜娟昏头晕脑地沉浸在一种幸福之中。

新婚一个月之后,白扬似乎先发生了变化,下班的时候,有时他不能准点回来,有时回来后,吃过饭,夹着一副象棋就冲杜娟说:我去单身楼了。

日子疙疙瘩瘩地过着,不经意间她怀孕了,白扬和她一直很细心的,他们都不想这么早就要孩子,但孩子还是不约而至地来了。

杜娟只想把孩子生下来,是个女孩。 日子一下子就忙碌了起来,孩子昼啼夜唤的,白扬为了孩子似乎也瘦了一圈,他不再早出晚归了,虽然天天唉声叹气,但也知道守着这个家了。 杜娟又想,这样也不错。 但随着孩子慢慢长大,又有母亲带着,白扬又自由了起来。

白扬又迷上了跳舞,白天上班,他就晚上换上便装去跳,回来自然是晚了。 杜娟又开始生气。 吵闹了几次,也没能阻止白扬去跳舞。杜娟只能独自在家里带着女儿默默生气。

一次,女儿半夜里发起了高烧,白扬跳舞还没回家,杜娟只好自己抱着孩子去了医院。

从此,两人又开始吵闹上了。杜娟现在真后悔嫁给了白扬这样的人。

有一次为了白扬不回家两人吵了起来,白扬指着杜娟说:你现在看看你这样,简直就是个家庭妇女。

杜娟说:家庭妇女怎么了,我当然不如那些小姑娘了。

话是这么说,杜娟还是为自己的变化感到吃惊,她自从怀孕以后,便再没跳过舞,身材自然今非昔比了。她现在已经和别的女人没有什么区别了,肚子松弛,乳房下垂。有时,她看到团里那些十八九岁的小姑娘们活蹦乱跳地在自己眼前走过去,她会嫉妒得要死。

白扬现在整个晚上带着这些小姑娘偷偷地去跳舞,部队有规定,军人不能到地方舞厅去跳舞。可白扬他们总是能钻空子,偷偷地出去。白扬的舞伴,自然是那些如花似玉的小姑娘。

白扬半夜回来,杜娟气愤地望着白扬,白扬就说:别那么看着我,我又不是罪犯,不就是跳个舞么,有什么大不了的,如果你不平衡,明天你也去。

杜娟自然没有心思去,一个人的时候,她就想未婚时候的事,那时她青春正茂,她能在男性的目光中感受自己的存在。那时她是骄傲的,心里自然是愉悦的,现在呢?她又想到了大梅。大梅的公公王部长已经退休了,大梅的公公退休不久,团里就研究决定让大梅转业。大梅在团里已经这么闲着好几年了。大梅没什么特长，只会跳舞，现在身体发福，舞也跳不成了，大梅转业只好去了少年文化官，那也是一个清闲得让人害怕的单位，只有寒暑假的时候，才有孩子们到文化官来学习。

转业后的大梅，身体愈发的胖了，据说她爱人王科长分了一套房子，但那套房子远离市区，上下班不方便，一直没去住。杜娟每次见到大梅，大梅一刻不停地在吃零食，以前她们跳舞时，最怕的就是吃零食，大梅似乎要把以前少吃的零食补上。她一边吃一边冲杜娟感叹：啥事业前途的，我现在是看好了，这日子怎么舒服就怎么过，然后像街头妇女似的冲杜娟"咯咯"大笑。

杜娟从大梅身上似乎看到了自己的未来，她现在舞是不能跳了，也和大梅以前一样在带学员。也许有一天，团领导会找自己谈话，告诉她该转业了，然后她也去少年官什么单位去报到。难道这就是她的命？这就是大梅曾经说过的，也是她日思夜想的幸福？

她隐隐地感到有些不安。

十一

四年的时间转眼间就过去了,林斌毕业又回到了机关,他是带着军籍上学的,回到机关是他唯一的出路。

杜娟是在送孩子上幼儿园的途中碰见林斌的。

杜娟看到林斌的一刹那,她张着嘴巴叫了一声:你。林斌看了她一眼,又看了一眼,终于认出了她,也惊怔在那里,他说:是你,杜娟。杜娟想转身带着孩子走开,女儿默涵冲林斌说:叔叔,好!

林斌蹲下身,用手指碰了碰默涵的脸,抬起头问:这孩子是你的?

杜娟点点头,泪水差一点涌出来。她原以为见到林斌不会再有任何感情色彩了,没想到,却来得那么强烈。她掩饰着,拉起女儿的手,匆匆忙忙地走了。

杜娟听到林斌在她身后重重地叹息了一声。他为什么要叹息?

第二次见到林斌的时候,是一天黄昏,林斌在幼儿园门前的小路上徘徊,他似乎知道这时候杜娟会来接孩子。杜娟看到林斌想绕过去,林斌突然说:你等一下。

她只能站住了，他说：为什么不给我回信，哪怕是一封也行。

这回轮到她惊讶了，原来他给她来过信，可是她一封也没有收到。她马上想到了白扬，每次舞蹈队的信都放在团里，下午的时候，由队里的人拿回来，一定是白扬从中做了手脚。原来是这样，她突然什么都明白了，泪水再也忍不住，疯狂地流出来。

杜娟和白扬的架是晚上吵起来的。

杜娟突然说：白扬你是个阴险的小人。

白扬转身冲杜娟说：你说什么？谁是小人？

杜娟：是你，你为什么把林斌写给我的信扣住？

白扬听到这松了一口气，轻描淡写地说：我当什么事呢，这么多年了，你还想着他呀，要不是我当年来这么一手，你能跟我吗？

杜娟突然挥手打了白扬一个耳光。

白扬这时回过神来，激动地说：好哇，我知道你忘不掉那个姓林的，那你就嫁给他去好了。

杜娟不知道哪里来的力气，突然疯了似的跃起来，扑向白扬，疯了似的和他厮打起来，两人在床上滚作一团。疯打的结果是，惊醒了婆婆和女儿，他们醒了，女儿哭着出现在他们面前，婆婆一脸严峻。

婆婆说：够了，你们不怕丢人我还怕呢，要打你们出去打。

她开始后悔，当初死乞白赖地要嫁给白扬，那时，她想的是不能让白扬的阴谋得逞，她不能让他白玩，她要嫁给他，决不步那两个姑娘的后尘，当时的动机就这么简单。结果，现在她为此付出的代价太沉重了。别人都说她幸福，可幸不幸福只有她自己知道。结婚四年了，女儿都三岁多了，她对白扬已经忍无可忍了，如果不知道白扬扣了她的信，她还能接受白扬，现在她真的是不能再接受他了。她一连想了十几天，终于下定决心，她要和白扬离婚。

第二天，杜娟搬到了集体宿舍。

不久，杜娟离婚的事就多了许多风言风语，人们都知道杜娟离婚是为了林斌。

林斌突然间休假了，回了一趟老家，不多久又回来了，他从老家带回了一个姑娘，是他大学时的同学，现在在一所中学里教语文，他回部队是和这个姑娘结婚的。

林斌这种闪电式的回家，又回来结婚，眼花缭乱的举动，把大家弄得不知所措。文工团许多人还是参加了林斌的婚礼，杜娟没有去。别人去参加婚礼时，杜娟把自己关在了宿舍里，她在默默地流泪。

年底的一天，白扬突然出现在杜娟的宿舍里，他说：你真想离婚吗？

她说：我说过一千遍了。

他又说：那孩子怎么办？

她说：孩子我带着。

他没再说什么，转身就走了。

年底的时候，突然又传出一段新闻，林斌自己申请转业了。

在林斌忙着转业的这一过程中，杜娟和白扬办理了离婚手续。

从此,杜娟又过起了单身生活,女儿她自己带着。 有关杜娟的一些闲言碎语从此销声匿迹了。

那年的"五一"节,白扬重新结婚了。 嫁给白扬的是一个唱歌的女孩,那个女孩杜娟认识,许多人都很喜欢那个女孩唱歌,那个女孩把一首《牧羊歌》唱得深情动人。 那个女孩二十二岁,正是杜娟和白扬结婚时的年龄。 女孩欢天喜地,满脸幸福地住进了白扬的家,住进了军职楼。

人们直到这时才真正地意识到,杜娟已经和白家没有任何关系了。

那年年底的时候,部队开始精简整编了,许多人不管自己愿不愿意,都要离开部队了。 文工团领导在确定第一批转业人员的名单里就有杜娟。 杜娟对这一切早就预料到了,这么多年不跳舞了,不让自己转业,让谁转业呢?

春节一过,杜娟就办理了转业手续,她被安排到老家少年宫当了一名舞蹈老师。 她当年就是从这里走进部队的,转了一圈现在又回来了。 此时,已是物是人非了。

十二

杜娟回到了老家,开始了一种新的生活,仿佛她是一个旅人,终于又回到了曾经出发的地方,只不过身边多了一个女儿,那年女儿默涵五岁。

林斌早一年回到了这座城市。她回来的时候,是悄悄回来的,正如她悄悄地走。刚开始她住在父母家里,年迈的父母无声地接纳了她。

她回到老家后,曾无数次地想过林斌,她不知道林斌现在怎么样了。但她一想到林斌身旁那个戴眼镜的女孩,她想见到林斌的愿望便淡了。

杜娟转业那年的"八一"节,她突然接到一个战友的电话,他在电话里约她,希望他们这些战友能聚一聚,并说林斌也要参加。她听到林斌的名字,最后还是拒绝了。她怕见到林斌,她不知道如何面对他,不知为什么,她一见到他就想流泪。

那次聚会没几天,那位战友又打电话说起了上次聚会有多少人都参加了,大家如何怀恋部队生活,有人还哭了,他又说:林斌也哭了,他是最先哭的。后来他说:林斌似乎并不幸福。

得到这一消息后,她的心里难受了好长一段时间,从那以后,凡是有关林斌的消息,自然不自然的都会深深地吸引她,仿佛林斌是她什么人似的。

后来,那位战友在打电话跟她聊天时,似乎是无意中告诉她,我这有林斌的电话,你要不要和他通通话。

她当时心里动了一下,但还是拒绝了战友的好意。她没有要林斌的电话,她不知道和林斌讲什么。她相信林斌也能轻而易举地找到她的电话,他不给她打电话,她为什么要给他打呢?

她有几次在电话响过之后,抓起听筒,可对方却没有声音,两三次之后,她警觉起来,她想说不定这个人会是林斌。这么一想,她心里什么地方动了一下,一股温暖又柔弱的东西从她心底里泛起。从那以后,她又接过几次这样的电话,她先喂了一声,见对方没有反应,便也不急于挂断电话,就拿在耳边那么听着。这时,她真希望对方是林斌,她心里焦急地想:林斌你说点什么吧,哪怕是骂我几句也好。对方每次都没有出声,最后还是挂上了电话。那一刻她的心里空了,又有了要哭的欲望。

不久,她先听说林斌辞职了,林斌转业后去了文化局,当一名普通的科员。林斌辞职后,当上了书商。又是一个不久,林斌离婚了,林斌结婚后一直没有孩子。

她前一阵子还听说林斌在深圳,后来再听到林斌的消息时,林斌又去了海南,那一阵子,林斌像只风筝,一会儿从这飘到那,又从那飘到这。

在这一过程中,先是女儿上了小学,后来又上中学了。她一直一个人孤单地过着,在这期间曾有很多同事朋友什么的,给她介绍过男人,她一个也没有见。有了和白扬第一次失败的婚姻之后,她不相信别人会给她带来幸福。

一晃女儿默涵就上大学了,也许女儿自小受到了文工团那种气氛的感染,虽然她没有学舞蹈,但她还是深深受了母亲的影响,她考上了一所舞蹈学院的理论专业。杜娟虽然觉得学习舞蹈路子太窄,将来不会有什么更好的发展,但既然女儿喜欢,她还是欢天喜地把女儿送走了。

很久没有关于林斌的消息了。

战友们仍能在一起聚一聚,没有了林斌,她每次都能出现在战友的聚会上。其实,她去聚会还是希望能得到关于林斌的一点点消息,哪怕是蛛丝马迹,她也会感到心满意足。战友聚会的时候,她总是躲在人群的后面,不显山不露水的。

现在战友们很少提及林斌了,似乎林斌也很少和这些人来往了。人们传说林斌的消息大多是道听途说的。一个人就说:几天前我们单位一个人出差去北京,见到林斌了,这小子发了,开着宝马领着一帮人去海鲜楼吃饭了。

另一个说:林斌在北京开了一家房地产公司,手下员工就有几十号。

……

后来林斌的消息就越来越少了。再有这样聚会的机会,她也很少去了。渐渐地,关于林斌和一些往事,很少在她脑海里出现了。

十三

女儿默涵一天在电话里喜洋洋地告诉她：自己现在利用课余时间，在一家公司里打工。女儿还说：以后要靠自己养自己。

后来，她隔三差五地就能接到女儿的汇款。数目也越来越大。以前她有事找女儿总是打学校里的传呼电话，女儿告诉自己一个手机号，女儿在电话里说，以后随时随地都可以找到自己。她责备女儿不该给自己寄来这多钱，女儿在电话里说：妈妈，我就是愿意让你幸福。

杜娟没有感到幸福，她开始感到不安了。女儿现在刚上大学三年级，利用打工挣钱也不能挣这么多呀。她暗自算了一下，这半年来，女儿寄给她的钱不少于一万。她担心女儿不学好，她在电话里一次次劝慰女儿，提出自己的担心，每次女儿都轻描淡写地说：妈，你放心，我是幸福、快乐的。

她放心不下女儿，没有事先通知女儿，她赶到了女儿的大学。女儿并不在宿舍里，问同学，同学想了想说：可能在公司里吧。

杜娟只好打通了女儿的手机，女儿听到她的声音惊呼一声：妈，你怎么来了？

不一会儿，女儿就出现在了她面前，女儿的打扮让她吃惊不小，女儿已不是学生打扮了，而像一个贵妇人。母女相见感叹一番之后，女儿打了一辆车把她接到一个小区里，这是一套两居室的住房。

她惊讶地打量着这套居室，房间里的一切应有尽有，可就是没有家的感觉，更像一个宾馆。

她说：这房子是谁的？

女儿说：向朋友借的。

女儿为母亲安顿好之后，说下午学校还有两节课，女儿就走了。杜娟人留在这里，心却不踏实，这摸摸，那看看。她在大衣柜里看到了男人衣服，同时也看到了女儿的衣服，女儿有一件毛衣是她去年亲手织的。她一下子惊怔在那里。

傍晚女儿回来了，见她一脸不高兴，忙问：妈，你这是怎么了？

她把大衣柜打开，让女儿看。

女儿说，这有什么，这是一个朋友的房子，他出国了，房子借给了我。

女儿虽然这么说，但她不相信女儿和这个男人的关系这么简单。

女儿晚上要请她去外面吃饭，她不去，她在女儿面前哭了。她威胁女儿说，要是女儿不说实话，她就不吃饭。

女儿还是不肯说出实情，她意识到了问题的严重性，她要当晚去买两张返程的车票，她宁可不让女儿读书，也不希望女儿就这么不明不白地生活着。她历数自己这么多年一个人的生活，为的都是女儿将来幸福。

女儿毕竟是女儿，女儿什么都说了，她说自己现在和一个老板在一起。她还说：这个老板姓王，没有家室，是她自愿的。杜娟明白了，女儿说打工就是在这个老板这儿打工，房子、钱自然都是这个老板的。

杜娟执意要见这个姓王的老板，女儿刚开始不同意，她说这么办事就太俗了。杜娟执意要见，女儿要是不答应，她就要在这里死给女儿看，后来女儿就出去了，答应把王老板叫来。

女儿回来了，她看到了那个王老板，她惊呆了，叫了一声：是你？！

接着她就疯了似的扑向那个王老板，一边撕扯一边叫着：姓林的，咱们的恩怨是咱们的，干吗害我的孩子？

林斌也怔住了，他没想到眼前站着的会是杜娟。

女儿在一旁喊：妈，你这是干什么，这都是我愿意的，不关王老板的事。

杜娟这才知道，现在林斌已改称王姓了。她大声冲女儿说：出去，这里不关你的事。

女儿被母亲的样子吓呆住了，但还是走了出去。

杜娟说：姓林的，你这是害我。

林斌一时语塞，他喃喃着：怎么会是你的女儿，这不是做梦吧？我以为又找到了多年前的梦，正因为她长得太像你了。你的女儿该姓白呀，怎么姓杜了。

林斌自然不知道，杜娟离婚后就把女儿改成自己的姓了。

林斌又说：默涵姓杜，和你当年一模一样，那天她到公司应聘，我见到她，我以为自己是在做梦。

杜娟气喘着，无力地望着林斌。

林斌又说：默涵说自己的老家是 H 市，我就没有多想，我以为是上天可怜我，让我圆一个没有实现的梦。我对默涵是真心的。

杜娟什么都明白了，她突然蹲下身痛哭了起来。

林斌颤抖着手伸过来，试图把她扶起来。

林斌说：我以为我又找到了幸福，原来真的是一场梦。

杜娟抬起头，看到眼前的林斌，此时她觉得自己在做一个冗长繁杂的梦，她希望梦早点醒来。梦里的幸福永远是虚幻的。

门外是女儿一阵紧似一阵的敲门声。

XING——FU——

HAI——

YOU——

DUO——YUAN—

幸福还有多远

一

　　李萍跟她的名字一样,在那个年代里普通而又平凡。 李萍一晃悠就高中毕业了,她顶了父亲的班,进了长春卷烟厂。 时间是20世纪70年代的中期。

　　20世纪70年代还是知青下乡的高峰,李萍有两个哥哥,一个姐姐。 大哥几年前顶了母亲的班,在一家街道的副食品加工厂里上班,二哥和姐姐没有班可顶,只能上山下乡了。 李萍是家里最小的一个孩子,长得比其他几个孩子都纤细,也漂亮一些,她的漂亮是上高中之后体现出来的,人很白,又瘦,就显得有些病态。 父母从心里往外疼李萍,都认为李萍不是上山下乡的料,只能留在城里,于是李萍高中一毕业,五十刚出头的父亲,便忍痛从卷烟厂退休了,让李萍顶了自己的班。

　　李萍在卷烟厂上班,第一年是徒工,工资每个月二十一元。 这没有什么,当时的工资全国都一样。 李萍的父亲工作几十年了,退休前的工资也就是四十出头一点。 长春卷烟厂在当时是很著名的,著名的原因是它生产一种叫"迎春"牌的香烟,市场的价格是两角八分钱一包。 这在当时是一种不错的卷烟了。 当年流行几种烟的牌子有"握手",一角五分钱一盒,还有"铁花"也是一毛多,还有一种烟叫"金葫芦",九分钱一盒,被人们称为"九分烟",这些烟都深得人们的喜爱。"迎春"牌香烟是身份地位的象征,没有一些身份的人是抽不起的,一般人家逢年过节买上两盒留做待客用,很稀罕地消受。

  李萍在包装车间,这是卷烟厂最后一道工序,散烟装入盒里便流入市场了。 李萍每天都在机械地完成这单调的包装任务,把二十支卷烟装入盒里封口,就是这样。"迎春"牌香烟的烟盒是很喜庆的,几朵迎春花绽开在紫罗兰颜色的纸上,新颖而又别致。 时间长了,这一切在李萍眼里都是单调的。 机械地劳动,单调的颜色,很快李萍就厌倦了。 一年除了星期日休息外,天天都是如此,李萍便对生活生出了许多不满,她二十刚出头,正是充满幻想的年龄,李萍上学时功课并不怎么样,她只喜欢语文课,每篇课文差不多都能背下来。 业余时间,她还找来一些小说阅读,李萍在阅读小说时就有了许多幻想。 刚顶父亲的班时,随着人流涌进卷烟厂的大门,她也曾经心潮激动难平过,随着时间的流逝,短暂的激动便烟消云散了,剩下的只是麻木。

  父母五十出头就退休在家,觉得浑身上下还有许多劲没有用完,便用相互吵架来挥发他们的余热。 两室一厅的房子,住着父母和哥嫂,两年前哥嫂又生了个儿子,小小的屋檐下挤了这么多人,杂乱而又热闹。 二哥和姐虽然在农村插队,他们三天两头地往家里跑,因为父母退休,没有让他们接班,父母心里本身就歉疚了,二哥和姐也认为父母偏心眼,吃了老大亏了,于是二哥和姐用频繁回家来找补自己吃掉的亏,二哥和姐一回来,就嚷着要吃肉,母亲只好把一家的肉票找齐,排队去买肉。这月二哥刚走,下月姐又回来了,他们走马灯似的回来,并不安心接受贫下中农的再教育。

　　二哥和姐的进进出出,无疑增大了家里的开支,父母还要管他们来往的路费,他们在家里住得安心,吃得踏实,仿佛不吃白不吃的模样。平时李萍挤在客厅的一个角落里,两间房子,屁股大小的地方,父母占一间,哥嫂和侄子占一间,只剩下过道似的那么一个小厅了,哥和姐一回来,还要占去一块地方,属于李萍的地方就更小了。李萍就在这种憋闷中生活着,单调的卷烟厂和小小的家怎么能盛下她的幻想呢?

　　李萍不论出现在哪里都属于长相出众的那一类,自古以来,生得端庄漂亮都是一件好事。在李萍身上也不例外,二十刚出头的李萍一走进卷烟厂便引起了男性的注意。先是那些二十出头的小伙子,他们有事没事总爱往李萍身边凑,没事找事,没话找话地说些什么。李萍心明眼亮,她的情商不低,因为读小说练就了观察各色人等的能力,应该说她的情商比一般人还要高。她对这些小青年无动于衷,她不是没有看上他们,二十多岁的她心里也是激情四射的,对异性早就幻想翩翩了,她之所以没动心思,是因为他们的条件都不能令她满意。这些小伙子大都是接父母班来到卷烟厂的,他们的父亲都是卷烟厂的工人,是工人都一样,家境都好不到哪里去,像李萍的父母能住上楼房已经算是不错了。李萍想过,如果自己嫁给他们,自己的结果无非是和父母挤在一个屋檐下,哭哭笑笑,挣挣扎扎过上一辈子,这样的人生一辈一辈地又有什么意思呢?李萍坚决不肯过这样的日子,她要靠文学带给她的幻想去生活去追求,去抓到属于自己的那一份幸福。李萍于是在那帮小伙子面前,表现得很贞洁,很无动于衷的样子。 小伙子们就很失望,绕着她的周围不停地吹口哨,打响指,以引起她的关注。

还有一些上了年岁的人,对李萍也是有兴趣的,那就是不厌其烦地要为李萍张罗男朋友。 保媒拉纤的事,很适合岁数稍大一些的人干。 他们用自己的审美观把两个原本并不相关的男女牵扯到一起,把自己年轻时没有实现的愿望通过这一形式加以实现,在这个过程中他们享受到了愉悦和快乐。

李萍在这些人的说合下,见了不少这样的小伙子,有的是卷烟厂的,也有的是别的工厂的,级别从工人到班、组长,最高的级别还有一个车间副主任。 李萍和这些人有的来往了两三次,有的只见过一面,最后都不了了之了,原因只有一个,这些或大或小的男人,离造就她心目中的幸福都有着不小的差距,于是李萍的恋爱一次又一次有始无终。 在经历了一番热闹之后,李萍的生活又平静了下来,但她的心一直没有平静,她一直相信,不在沉默中爆发,就在沉默中死亡。 李萍期待着自己的爆发,她相信自己的幸福会受到老天的惠顾的。

接下来的时间里,李萍就剩下等待了。 一天她正在机械地装烟,脑海里突然冒出一个念头,她读小说时看到南方某个民族的女人有抛绣球招亲的习俗,这样可以把希望和幸福寄托给命运。 这个想法一经冒出便蛊惑着她坐卧不宁,夜不能寐,最后她想到了手里的"迎春"牌香烟,她想,吸烟的人大都是男人,能抽得起两角八一盒"迎春"牌烟的人,肯定不会是一般的男人,既然这样,何不让"迎春"烟做媒呢。 当夜,李萍精心裁剪了一个小纸条,写下了一句话:当你看到这张纸条时,那是我们的缘分,如果你还没有妻子,我愿意做你的妻子。

下面又写上了自己的联系方式。那一夜，李萍几乎没有合眼，第二天她差不多第一个走进了卷烟厂，走进了包装车间，她在新的一天包装的第一盒香烟里，放进了昨夜写好的那张纸条。直到这时，她的心才平静下来。自己的愿望和幸福一同远去了。那盒烟会流落到南方还是北方，抽那盒烟的人是高还是矮，这一切都不得而知。反正有了希望，有了希望就有了支撑。

　　那些日子，李萍都生活在一种冥冥的期盼当中，想象着说不定自己什么时候会接到一封信，那写信的人就是得到她那张纸条的人。那时她会怎么样呢？那又会是个什么样的男人呢？李萍在幻想着。等待中她的心情好了起来，有时身边的小伙子和她搭话，她也能说上两句了。别人都说，李萍变了。她听了这话，只是笑一笑，把甜蜜写在脸上。一个冬天过去了，李萍并没有等来自己期盼的情景，她又恢复到了从前那种水波不兴、无着无落的日子中去了，早出晚归，上班下班，日子依旧。

二

当迎春花盛开在这座城市的时候,李萍已脱去了厚重的棉衣,换上了春装,她差不多把放在烟盒里的那封信忘记了。这天下午,车间主任风风火火地来到李萍身边,主任告诉她:厂部有人找你。

李萍不知道谁会跑到厂部去找她,厂部她并不熟悉,她到厂里上班时,记得到厂部去过一次,是父亲带她去的,办理进厂的手续,从那以后,她便再也没有机会走进厂部了,厂部的概念在她的脑海里是领导办公的地方,一般人是无缘去那里的。

车间主任告诉她厂部有人找,她疑惑地望了主任一眼,主任也古怪地看她。她懵懵不清地向厂部走去,有人等在门口把她一直带到了厂部的会议室。推开会议室的门,她看见两位厂领导正在陪一个军人,一边抽烟一边说话,抽的烟自然是"迎春"烟。厂领导见她进来,就笑着问:你是包装车间的李萍?她点点头。厂领导就回身和那位解放军握握手道:吴同志,人领来了,我们先走,你们谈,有事叫我们。

两位厂领导面带意味深长的笑,看了李萍一眼就走了。空荡的会议室里只剩下那位解放军和李萍。她直到这时才有精力打量眼前的解放军,这位吴同志中等个头,看年纪快近中年,身体微微有些发福了,脸上却是满面红光,他正微笑着望她。她不知这位军人找她干什么,也疑惑又敬畏地望着他。半晌,那位吴同志说：我叫吴天亮,是81391部队的,你就是包装车间的李萍?

她又冲吴同志坚定不移地点点头。

吴同志就从桌上摸起一支"迎春"烟来,不慌不忙地点燃,眯着眼睛绕着她走了一圈,又走了一圈,一边走一边详细地打量着她,然后嘴里说：好,不错,真的不错。

后来那位吴同志就坐在了一把椅子上,在坐下之前,拉了一把离她最近的椅子说：李萍同志,你也坐吧。

她看吴同志坐下了,便也犹豫着坐下了,她仍然不知道下面将和眼前的吴同志发生怎样的纠葛,她迷茫、困惑地望着眼前的吴同志。吴同志这回不笑了,而是板起了面孔,一本正经地掏出一盒"迎春"烟,又从烟盒里抽出一张纸条来,把烟盒和那张纸条一起往她面前推了推说：这是你写的吧?

李萍直到这时才恍悟过来,看到纸条的一刹那,她差点叫了起来,她捂住嘴,睁大眼睛望着吴同志。她脑子里顿时空蒙一片,一瞬间她没了思维,没了意识,只那么错愕地望着眼前的亲人解放军——吴同志。

吴天亮就站了起来,离开椅子,背着手踱了两步,样子很首长。吴天亮就说：事情是这样的,这盒烟我得到了,我看了纸条上的意思,我现在就没有妻子,两年前我妻子回老家探亲,出了车祸,嗯,就那个了。我现在是81391部队政治处主任,副团职干部,每月的工资八十元多一点,我们的部队在河北。 噢,我今年刚刚四十岁,嗯,年龄和你比是大了点,噢,你看这事?

吴天亮一口气说了下去,她已从最初的惊愕中醒过神来,她一字不落地把吴天亮的简历听完了。 她一时不知做何感想,羞怯、茫然、手足无措、惊慌等等,似乎什么滋味都有。 她一时不知说什么,仍然那么不解风情地望着吴天亮。

吴天亮又踱了两步,望一眼她道:我是不是跟你想象中的人有差距? 有你就说出来,没事的,这次我就当来长春看战友来了。 我有个战友就在长春,嗯,你说吧,没有事的。

她仍然不知说什么好,这回不望吴天亮了,看自己的脚尖。 说心里话,自从把自己的愿望写进烟盒里,她把对方的什么都想过了,也许年龄大一些,也许个子高一些或矮一些,不管怎么想,那人的样子都很抽象,像梦中的情景。 吴天亮站在她眼前,那人一下子就具体了,具体得就是这个人了,关于地位,以前她也曾经想过,但她没敢想会是解放军里的首长,副团职干部,每月挣八十多元钱,刚才吴天亮介绍自己时,她都仔细地听到了。 八十多元的月工资,相当于她四个月的工资总和,父亲一直干到退休,每个月才四十多一点,八十多元的工资是多么巨大的数字呀,以前她连想都没有想过,这一切无疑都在诱惑着她,最初她写那张纸条的动机,就是想让命运之神把她从现实生活中带走。 吴天亮的部队在河北,如果同意跟他结婚,那么自己就会离开家,离开卷烟厂,自己的理想也就实现了。

李萍正在漫无目的地想着,吴天亮又说话了,吴天亮说:

小李呀，我今天来找你，没别的意思，就想认识认识你，本来我也没抱什么希望，是不是，就当我到长春旅游了一次，看看战友，是不是？

吴天亮说完就笑。

李萍这时抬起头来，她的眼里已多了份内容，那内容写的就是对吴天亮的初步认可。

吴天亮似乎洞察了李萍此时此刻的心理，便又说：小李呀，我初次见你，对你是满意的，没想到你会这么漂亮，这很好。你对我呢，也许一时拿不定主意，这没关系，你可以和领导啊、父母啊商量商量，我在长春还能住上三天，我在部队的招待所住，在201房间，有什么事可到那去找我，啊——

吴天亮说完就准备走了，他收起了那盒"迎春"牌香烟，连同她那张纸条，一边收一边说：这个我留作纪念，你们厂一天生产那么多烟，又有那么多人抽烟，可这盒烟竟被我抽到了，你说这是不是缘分呀，哈哈——

吴天亮说完伸出手，那意思是想跟她告别，她没有和别人，尤其是和异性握手的习惯，但吴天亮已经把手伸出来了，她僵硬地把手伸过去，她感受到吴天亮的手很大，也很温暖，吴天亮感受到她的手是那么纤秀，冰冷。瞬间的握手结束了，吴天亮又说：我在宽街那家部队招待所201房间。啊，我走了。

吴天亮说完就走了，很首长，也很男人的样子。不一会儿，她听见楼下汽车发动的声音，她透过窗子看见吴天亮上了一辆军用吉普车走了。她刚从窗子旁转回身，会议室的门就被推开了，厂长和书记都进来了。他们对待李萍的态度一下子友好、亲近起来。厂长问：小李呀，你是怎么和部队首长联系上的？

书记问：小李，部队首长是不是要接你去当兵呀？

李萍从领导的问话中知道吴天亮并没有对领导实话实说，对于这一点，李萍感到很满意。她冲两位领导笑一笑，并不说什么。

书记又说：首长要是来接员，你冲他说一说，多带几个人去，这是咱们卷烟厂的光荣。

李萍最后在厂领导温暖目光的注视下走出厂部会议室。

很快，李萍被部队首长约见的消息不胫而走，那两天李萍成为了卷烟厂最为热门的话题。有人猜测：部队首长看中了李萍要把她带到部队去当兵。

还有人说：是中央的部队来选女兵，这些女兵要给中央领导当服务员。

……

不管说什么，中心议题只有一个，那就是李萍的好运气来了，说不定什么时候突然就会离开烟熏火燎的卷烟厂到部队去了。那两日，李萍也跟做梦一样，一会儿云里一会儿雾里的。

她对各种版本的传说都不置可否，脸上是微笑着的，心里早就心花怒放了。从吴天亮一走，她的心就落地了，那一刻她就下了决心，准备嫁给吴天亮。吴天亮跟她比年龄是大了点，又死过老婆，可这算什么，吴天亮是首长，一个月挣八十多元钱的工资，他的部队在河北，河北离北京那么近，说不定吴天亮的部队就是中央部队。李萍没有急于跟父母说，她还没有想好该怎么说。

三

　　李萍知道吴天亮在长春停留三天，就住在宽街那家部队招待所里。那天吴天亮离开后，李萍就下定决心答应这门亲事，下班的时候，她身不由己地去了部队那家招待所，不过她没有上去，而是躲在一棵树后偷偷地望着201房间，房间里燃着日光灯，很亮的样子。里面无疑住着吴天亮，她刚刚认识的吴天亮。原本她和吴天亮没有什么关系，只是那盒夹着她那张纸条的"迎春"烟，让她和吴天亮发生了关系。想起来像做了一场梦，故事的开始本身就挺奇妙。

　　她在往家里走的一路上，脑子里一直想着吴天亮和与吴天亮有关的事情，在河北某地，有一支部队，以后她就要和那个部队发生千丝万缕的联系。想到这里，她的脸在黑暗中红了，热热的，像害了一场感冒。

　　回到家里的时候，进门看见二哥又从农村回来了，父母小心地坐在桌前陪着二哥，桌上又多了一碗炖肉。李萍一走进自家局促的空间，心里就凉了下来，她又回到了现实中。家里的灯是日光灯，不知是因瓦数太小，还是蒙满了污垢，总之，灯光很灰暗，像此时李萍的心情。

二哥照例仇人似的对待她。她还没有坐在桌前，二哥就开始大吃起来，边吃边说：怎么才回来，我都饿得受不了了。当她坐下后，二哥已经吃得差不多了，二哥说：小萍这月工资发了么，我回农村的车票钱还没有呢。

她默默地把这月工资的一半交给了二哥。自从她接了父亲的班，二哥和姐便把她当成了敌人，仿佛一夜之间她就对不起他们了，她每月的工资，一大部分差不多都被二哥和姐要走了，刚开始的时候，她气不过，就是给了也不心甘情愿。

后来母亲说：小萍呀，你就给他们点吧，你在城里，他们在农村，他们比你苦。

居然母亲也这么认为。

这天晚上，李萍给二哥钱给的心甘情愿，她一边数钱一边想：再给你一次，下次你也许就拿不到我的钱了。

由钱李萍联想到吴天亮的工资，吴天亮每月八十多元钱，在她的眼里这是高级干部的工资，她入厂之后，曾听人说，他们厂长和书记的工资每月才五十多一点。一想起吴天亮她的心情就好了起来，她甚至想把吴天亮的事冲母亲说出来，可不知为了什么事情，那天晚上父母起了口角，两人争得脸红脖子粗的，最后李萍就把说出吴天亮的事放弃了。家里的种种境况让她坚定了要离开这里的信念。那一夜，她睡得很不踏实，只要一醒，她就会想起吴天亮。

第二天，她又煎熬了一天，她不是犹豫见不见吴天亮的问题，而是犹疑着见吴天亮的火候分寸。她不想让吴天亮看出她太着急了，太上赶着了，怕吴天亮瞧不起她。她要装出她不着急的样子，让吴天亮急。第二天，她是在外表沉静，内心风起云涌的状态中过来的。

第三天，上午她也照例上班，中午吃着自带的盒饭，面对着工友们三番五次的询问，她依旧笑而不答。下午的时候，她向车间主任请了假，跑到洗手间洗了脸，梳了头，换上了衣服，才离开卷烟厂。她很顺利地来到了宽街那家部队招待所，但她并没有急于上去，而是在楼下徘徊，遛了一趟又遛了一趟，心里在说：快点上去；心里又说：先别急，再等等。李萍在和自己打架，打来打去，太阳都西斜了，她才鼓足最后的勇气走进了那家招待所，很容易找到了201房间，她在门前沉了片刻，才伸手敲门。门很快就开了，开门的自然是吴天亮，他站在门口很惊讶地望着她。李萍一点也不惊慌的样子，仿佛这家招待所她都来过一百次了，她很容易就看到了地上放着的提包，提包的拉锁拉开了，上面放着吴天亮的洗漱用具，显然，吴天亮正在收拾东西，他做好了随时离开的打算。这个效果很好，李萍很满意。

李萍对呆愣在门口的吴天亮笑了一次，仿佛他们已经是老熟人了。

吴天亮语无伦次地说：你……来了，快里面坐。

吴天亮对李萍的最后出现显然没有足够的准备，他已经做好了走的准备，对李萍的突然出现，他一时不知说什么好。李萍走了进来，坐在一把椅子上。吴天亮这才恢复了常态，点了支烟，很首长地吸，他也坐下来，跷起腿来，用烟头在皮鞋底上磨来磨去，这样烟上就没了烟灰。

他说：李萍同志，想好了?

李萍不说话，仍又冲他那么一笑。

他说：你看，你怎么不早点告诉我，也好让我去你家看看，看看你的父母。

李萍之所以选择这时候来，就怕吴天亮提出去自己的家，她不情愿那样，自己都不喜欢，何况别人。

吴天亮又说：你看，我车票都买好了，晚上五点半的火车。

说完，还把车票拿出来让李萍看了看。

李萍说：你走你的。

吴天亮就很遗憾的样子，搓着手说：两个老人都没看到，怎么说也得听听他们的意见吧。

李萍说：我自己的事，他们不管。

吴天亮就"噢"一声，似乎卸去了最后的重负，他站起身来又背着手在屋里走来走去，他的样子又像个首长了。

吴天亮走了一气，然后冲李萍说：小李呀，我见你是满意的，如果你也满意，这样，回去呢，我就打结婚报告，我都四十了，岁数不小了，也拖不起呀。

李萍低下头去，本能地红了脸。

吴天亮看到李萍的样子很满意，他长吁了一口气道：这趟我总算没有白来，小李呀，咱们算是有缘呢。

这时，吴天亮的战友来了，他一进门就看见了李萍，惊呼一声：这就是卷烟厂的李萍吧，没想到你来了，天亮这两天等得好苦哇。

显然，吴天亮的战友对事情的来龙去脉是了如指掌的。

李萍听了这话又红了一次脸，低了一次头。 吴天亮的战友对李萍也很满意，一遍遍地说：天亮，你小子有福哇。

吴天亮不说什么，只是笑。

吴天亮的战友是来为吴天亮送行的，车在楼下等着。几个人从楼上下来，吴天亮走到吉普车旁，把提包放到了车上，冲着李萍不知说什么，吴天亮战友就冲李萍说：上车吧，咱们一起送送天亮。

结果李萍就上车了，她和吴天亮坐在后排，一路上两人谁也没有说话，只有吴天亮的战友在前面东一句西一句地说着。李萍一句话也没听清，长这么大，她还是第一次坐吉普车，况且身边还坐着吴天亮，她就云里雾里了。

到了车站，吴天亮的战友冲吴天亮眨眼睛说：天亮，我就不进去了，让李萍送你吧。说完把吴天亮的提包不由分说地塞到了李萍的手上，李萍只好随吴天亮走进了检票大厅。他们走的是军人通道，很便利地来到了站台上，那列火车已经停在那儿了。

这时，吴天亮才从李萍手里接过提包，很满意地望着李萍说：我一回去就打结婚报告，你到部队来结婚。

李萍的脸就红了，她低着头用脚一下下踢着月台上的小石子。

吴天亮又说：很好，那我就上车了。

李萍这才抬起头，她望着吴天亮，吴天亮的眼睛在熠熠放光。吴天亮伸出手在向她告别，她下意识伸出手，吴天亮用力握住她的手，没有马上放开的意思。他用了一下劲，又用了一下劲，李萍感受到他传达过来的力量和温度，那一刻，李萍不知为什么，直想哭。

直到车站已经打铃，吴天亮才放开她的手，向车门走去。

列车很快起动了,吴天亮在车窗里一直向她招手。

她走出车站时,看见吴天亮的战友还在那儿等她,坚持一定要把她送回家。她坐在吉普车里又云里雾里了一回。吴天亮的战友一直在说天亮真有福气之类的话。

她坐在吉普车里,看着长春的夜景,感觉很好。

四

吴天亮真是说到做到，一回部队便给卷烟厂发来了一封对李萍的外调函，这是部队现役军人择偶时必须履行的一道手续，一直到现在仍然沿袭着。

人们的种种猜测终于水落石出，有了个结果。吴天亮走后，李萍的心里一下子就踏实了，她认定自己已经是吴天亮的人了，不久的将来便会和吴天亮结婚，然后到部队去，也就是说，自己就是一名官太太了。那几日，李萍在用一种告别的心情在包装车间上班，周围的一切都觉得值得留恋和可爱。这一天，书记亲自到车间来找她，书记把她领到一个角落里，从兜里掏出了那封部队寄来的外调函。

书记微笑着说：你和吴天亮确定爱情关系了？

她看到了那封外调函，便意识到了什么，心骤然快速地跳了起来，然后脸红耳热地冲书记点点头。

书记又问：你就要和吴天亮结婚？

她这次没有点头，结婚一词从书记嘴里说出来，她感到既熟悉又陌生，她不知如何回答书记。

书记又说：李萍你给我一个痛快话，人家可是结婚前的外调,你没有个痛快话,我没法给人家部队回函。

李萍下了最后决心似的点了一回头,便跑到自己工作岗位上去了,书记冲着她的背影点点头,又摇摇头,然后走了。李萍在一刹那,似乎要哭出来,激动最终让她无法控制自己的眼泪,她一边流着眼泪一边工作着。

下午的时候,消息就不胫而走了。人们怀着新奇又嫉妒的心情打探着传播着。

人们说:李萍要嫁给部队首长了。

人们又说:李萍要嫁的首长比厂长、书记的官还大。

人们还说:这个首长的岁数都快有李萍的爹那么大了。

……

种种说法不一而足,但信息是明确的。那就是李萍要结婚了,嫁给一位部队首长。女人们凑在一起叽叽喳喳地议论,男人们怀着一种失落的心情审慎地望着她。毕竟李萍是卷烟厂里的一枝花,这枝花自己没有采到,让别人采走了,他们的心情可想而知。

最后得到这一消息的就是李萍的父母了,李萍在接到外调函之后,很快就收到了吴天亮的信,吴天亮在信里催她快些办手续,到部队去完婚,这时李萍才知道,吴天亮的驻军所在地是河北某县。这也没什么,她要嫁过去的地方是部队而不是某县。她怀揣着吴天亮的信,心情波动着回到家里,她从记事起对家就没什么好印象,除了穷就是父母不停地吵架,仿佛他们生活在一起就是为了吵架似的。但现在的心情不一样了,她马上就要离开这个家了,就要向生她养她的地方告别了,心里就多了几分纤细的东西,最软的地方波动着。她就这么柔软地回到家里，大姐不知什么时候回来了，一家人都没有个笑模样，饭也没有做，还有早她回来一步的大哥大嫂都在黑暗中阴沉沉地坐着。显然，家里刚刚又吵过一架，李萍一进门心情就似受了传染，白天的好心情顿时烟消云散了。

原来，姐这次回来告诉父母一个消息，那就是再也不想回农村了，她要当逃兵了。后果是可以想见的，也就是说，姐这么做这辈子的户口别想从农村办回来了，城里不会给她安排工作，她就要在家呆一辈子。如果她在农村坚持下去，就有返城的可能，那结果是不一样的，姐不回农村的理由是，她插队的那个农村大队书记的儿子看上了她，非得要和她结婚。一家人都劝她忍一忍，姐不想忍了，于是一家人就吵了起来。

当李萍得到这一消息时，她心里一下子平静下来，她开了灯，坐在一家人最显要的位置上，然后石破天惊地说了一句话：让姐接我的班吧，我马上就要走了。

接下来李萍才把自己要嫁给部队首长吴天亮的决定说出来。一家人都瞪大了眼睛，吃惊地望着李萍，他们差不多都不敢相信李萍的话，待确信李萍的话是真实的，母亲才过来问长问短，李萍只有一句话：你们放心吧，我已经同意了。

李萍本想着好好在家准备一番再到部队去的，姐的突然回来，完全破坏了她待嫁这段时间美好的心情，她决定用最快的速度离开这个家把自己嫁掉。

第二天，她准备去第一百货商店给自己买几件衣服，第三天就走。姐硬陪着她去，没办法，她只好让姐陪着。她已经没有买衣服的心情了，胡乱地选了两件就回来了，在回来的路上，姐不知为什么，竟然哭了。她头也不回地说：我愿意，我高兴,你倒是哭什么。

姐在她后面说:姐没有赶走你的意思。

李萍只冷冷地笑一笑。原来李萍还想保留自己的工作,到部队看一看,如果那里条件好再把自己调过去,如果不好,那她还回来上班,先两地分居一阵子,等待机会让吴天亮转业。现在情况完全不一样了,她必须得走,办理所有的手续,只有这样,姐才能留在城里。她这么做,多少有了些牺牲的成分,无形中就多了一点悲壮。

李萍离开长春时,吴天亮的战友派了辆吉普车送她去车站,吴天亮在信里已经交代好了,让她动身前跟他战友说一声,并由战友打电话告诉李萍的车次,他好去车站接李萍。

李萍动身的时候,一家人都到楼下送李萍,她坐上车的一刹那,母亲哭了,姐也哭了,只有父亲没哭,父亲背着手望着远方的什么地方。车开动的一瞬间,李萍吁了一口长气。她的心随之松弛了。她望着东北的原野从车窗外掠过,她的心情好了起来。她将是首长的妻子了,嫁到了部队,远离家,远离长春,此时,她有了一种自由感,一种飞翔起来的感觉。大半天又一夜的火车,李萍眼睛都没有合一下,她在憧憬自己未来的幸福。

吴天亮果然在车站接她,她一下车,吴天亮就一直拉着她的手,生怕她跑了似的,吴天亮不知是激动还是热的,鼻梁和脑门上都是亮晶晶的汗,他一遍遍地说:没想到你来得这么快,真快。

一直到坐在吉普车上,吴天亮仍拉着她的手,然后说:今天晚上咱们就举行婚礼,一切都准备好了,啊——

列车是在县城停下的,吉普车三拐两拐地就驶出了县城,钻进了一个山沟里，路是沙石路，很颠簸的那一种，李萍吃惊地睁大眼睛问：咱们这是去哪呀？

吴天亮说：去部队，回咱的家呀。

吉普车颠簸了几十分钟后，眼前出现了一片部队的营房，有楼也有平房，就在两座大山的中间。李萍看到部队心里舒缓了一些。部队大门口有一条标语：提高警惕，保卫祖国！门口的哨兵冲车敬礼，直到这时，李萍才回到了现实之中。

李萍一下车，吴天亮便领着她来到了他们的新房。三间平房连在一起，有一个小院，厨房厕所什么的也在院内，院外大门上贴着喜字，屋里的墙上和窗子上也贴着喜字。李萍站在那里，不知用什么心情形容，以前部队对她来说太陌生了，眼前就是具体的部队和家，这一段时间，她无数次地想象过吴天亮的部队，还有吴天亮带给她的家是什么样子，千万次想过，就没有想到现在这个样子。她说不清此时此刻的心情。床都铺好了。红被子，红枕头，到处都是喜气洋洋的样子。

晚上在食堂里吃了一顿饭，食堂里也贴着大红喜字，有政委，有团长，还有很多军官，热热闹闹地喝了一顿酒，就算结婚了。吃完饭之后，她迷迷糊糊地跟着吴天亮回到了家里，这几天她一直没有休息好，转车换车的，她真的很累，她没有犹豫，动作很快地上了床，她一上床，吴天亮就熄了灯，呼吸沉重地在她身旁躺下来。她不习惯有个陌生的男人躺在自己的身边，她想侧过身去，却被吴天亮抱住了，随后他的身体压了过来。新婚的事情完毕之后，她脑子里清醒了一刻，她想：自己这就是结婚了，身边躺着的吴天亮，被称为首长，每个月八十多元钱的工资，接着她就睡着了。

五

　　早晨，吴天亮在军号伴奏下走出家属区，家属区和部队办公区隔着一道墙，办公区有一栋四层的楼，显然部队的领导就在那里办公了，山谷中有着一块平地，军营就在这平地上，周围很静，办公区偶尔传来一两句战士们操练的口令声。家属区有十几户像李萍居住的这样的房子，每家每户都用围墙隔开了，院子虽不大，但也是个院子，三间房连在一起，院内还有厨房和厕所什么的，这和李萍长春那个家比起来简直是天上人间了。

　　李萍站在院子里新奇又陌生地打量着眼前的一切，从昨天到现在，她完成了婚礼，又完成了从姑娘李萍到吴天亮女人这样一大步，一切都那么快，快得她都没时间细想什么，就已经身在军营了。在没来之前，甚至在来的路上，她上百次地想过吴天亮部队的样子，还有婚礼等等，可她一直没有想过会是这个样子。李萍是个富于幻想的人，如果她不幻想就不可能把自己的命运交付给一个小小的烟盒，当然也不会有此时此刻的她了。她正在杂七杂八地想着，左面那户有人推门走出来，把一盆水倒在了院子里，李萍循声望去，就见一个没有梳妆打扮的女人从墙上探过头来,女人四十多岁的样子,长了一口黄牙,态度非常友好地说:是吴主任家的新娘子吧?

李萍不置可否地冲这个女人笑一笑。

女人又说:不愧是城里女人,长得这么漂亮,这么年轻。

两个人正说话时,左邻右舍的门"吱吱呀呀"的都被推开了,走出的都是女人和孩子,有人为了近距离来看李萍,还牵着孩子的手走过来,推开了她家的大门,站在院子里,近距离地打量着她。

她们一律都夸奖着她,有的人还伸出手摸摸她的衣服或头发什么的,弄得李萍不知如何是好。

在这里,她认识了政委家的女人,团长家的女人,还有副团长、副政委家的女人等等,她们真心实意地对她笑着,夸她年轻漂亮,都说城里的女人就是不一样。

李萍问:你们不上班?

女人答:我们都是从农村随军来到这里的,这大山沟子,有啥班可上。

李萍惊讶了,直到这时她才意识到,自己未来的命运也将和她们这些女人一样,成为家庭妇女。自己把工作让给了姐姐,单枪匹马地来到这个山沟里,此时,她有了一种被欺骗的感觉,顿时她眼里含了泪,在众人面前她又不得不掩饰,众人品头论足地把她议论了一通之后,都散去了,有的张罗洗衣服,有的张罗午饭。李萍返回屋里,坐在床边,看着床上火红的新褥新被发起了呆。

她从没想过自己会是这样的结局,她离开卷烟厂的时候,有多少女人羡慕她呀,羡慕她嫁给了一个部队的首长,以后就可以吃香喝辣的了。她是在众人近似崇敬的目光中离开卷烟厂的,那时,她也有几分骄傲,虽然吴天亮四十岁了,又有过妻子,可这一切都被首长的光环掩盖住了,她只想着早日离开单调的卷烟厂,离开那个让她压抑的家,那时她真的没有多想,也没有细想。最后就有了她现在的结果,这大山里除了有兵营,别的什么也没有,别说上班,就是买点东西怕也不那么方便。她坐在屋子里,胡思乱想了一上午,中午的时候,吴天亮回来了,他从食堂里打回了一盆菜,还有一盆米饭。然后说:这两天你就别做饭了,你先熟悉熟悉,过两天再说。

她没说什么,无滋无味地吃完了饭,把空盆和空碗洗了。她回来的时候,见吴天亮已经把自己脱了,躺在了床上。见她不解的样子,他才说:现在是午休时间,你也躺下吧,下午两点机关才上班呢。

午休还能睡觉对她来说是件很新鲜的事,在卷烟厂上班的时间里,午休就是吃饭,那是他们自带的盒饭,早晨一上班就按顺序放在锅炉房里,有人给加热,中午的时候领出来,吃完饭之后,还有一点时间,年龄大一些的下一盘棋,女人们抽空织点毛线活,年轻一点的就凑在一起说说笑笑一会儿。从来没有过午睡,更谈不上明目张胆地拉上窗帘大睡了。

她在床边坐了一会儿,吴天亮就很急迫了,动手来拉她,还要亲自给她脱衣服,她只好动手脱掉外衣,勉强躺在了他身体一侧。吴天亮伸出手又把她的内衣脱去了,接下来就做夫妻之间的事了,她脑子很乱,完全被动着,好在昨天夜里有过一次这样的感受了,她心里想的是,既然嫁给吴天亮了,一切都是正常的了。

吴天亮完事之后，躺在她的身边舒服地说：没想到你能嫁给我，咱们俩相差十六岁呢，别人都说我这是老牛吃嫩草呢，我这也算是有艳福呀。

吴天亮说完，抱紧她年轻的身体，似乎一不小心她就跑掉了。不一会儿，吴天亮就在这满足中沉沉地睡去，还打起了呼声，呼声高高低低的，显得错落有致。她在这鼾声中却无法入睡，她不相信眼前这一切竟是真的。长春的一切，还有现在这里的一切，混混杂杂地向她涌过来，她说不清此时此刻自己的心境。

下午1点15分，部队的起床号又一次吹响了，吴天亮的鼾声随着起床号的响起停止了，他开始起床穿衣，他似乎对她已经很熟悉了，不避讳什么似的，赤身裸体地从床上跳到地上，她无意中看见了他身上的伤疤，从下身到小腹有一个长长的刀口，像一条蛇似的趴在那里，看起来触目惊心。他注意到她的目光，轻描淡写地笑笑说：这是以前部队施工受的伤，现在早好了，医生说就是以后不能生孩子了，输精管断了。

她坐在那里吃惊着，半张开嘴望着他。

他似乎觉得应该解释一下，忙说：以前咱们来往的时间太短，我没工夫跟你说。其实也没什么，咱们都有孩子了，再生不生的已经无所谓了，反正也不影响咱们的夫妻生活。

她听到了他说孩子，她更加不解地望着他，他的脸白了一下，马上又说：咱们都是夫妻了，当初咱们见面时，你没问我也没说，三年前，我前妻回老家出车祸死的，这你知道，那时我的孩子就四岁了，这几年一直放在她姥姥家寄养着，你来了就好了，咱们又有个家了，过几天就把孩子接回来。

李萍僵硬地坐在那里,她没有料到这么多她没有想到的事,这一切都恍如做梦。 上班号声又一次吹响时,吴天亮系好了上衣的最后一颗扣子,他临出门前交代说:晚饭也不用做了,我从食堂打回来,下午你可以出门看一看,熟悉一下这里的环境。

吴天亮一走,李萍一下子就瘫倒在床上,泪水如注地滚滚而下,她也不知道为什么要哭,总之,此时此刻的李萍就是想哭。 从青春期开始,她无数次地想象过未来的家庭,当然还有心目中的男人,千次万次地想过,就是没有想到吴天亮这种状况。 她又想到了几个月前那天早晨,自己鬼使神差地把一枚小小的托付终身的纸条放进了烟盒里,也还是从那时开始,她的命运发生了一连串的变化。 从那时起,就注定了现在,她像一条被人叠好的纸船,放到了一条湍急的河流里,她只能顺流而下了。

这就是命,这就是生活。 几天之后,李萍差不多习惯这里的一切了,上午她和家属院的女人一起去部队营院内的军服务社去买菜,菜是战士在县城买回来的,为方便部队家属在这里设了一个菜站。 买完菜之后就开始准备做午饭了,吃完午饭,陪着吴天亮午休,然后下午一起床就琢磨晚上的饭菜。 李萍俨然已经是一个部队随军家属了。

又过了些日子,吴天亮把女儿从姥姥家接回来了,在接女儿回来前,吴天亮和她商量过,她没说什么,她能说什么呢,既然自己告别了长春,来到了部队,一切后果她只能承受,不管这种结果和自己当初的想象有多么大的距离。 吴天亮那天晚饭前领着女儿回来了。 七岁的女孩很懂事的样子,睁着一双好奇的目光，躲在吴天亮的身后静静地望着她。

吴天亮从身后把孩子拉出来说：大丫，叫妈。

女孩就叫了一声：妈。

一个这么大的女孩，叫了她一声，她心里有一股说不清的滋味。她应也不是，不应也不是，她只把手伸出去在孩子的头上摸了一下。从此，家里凭空就多了一个叫大丫的女孩，叫吴天亮爹，叫她妈。女孩已经上小学一年级了，每天她和别的孩子搭着伴到附近村子里的一个小学去上学。女孩可能因为过早地失去了母亲，生性有些怯懦，又有些超出年龄的成熟。大丫很省心，上学就走了，放学就回来了，一回来就把自己关在屋子里，仿佛家里没她这个人似的。孩子对吴天亮也不亲，吴天亮晚上回到家里会走到大丫房间里呆一会儿，更多的时间，吴天亮会守在李萍的身边，他的甜蜜和幸福以及满足都写在了脸上。

晚上，他躺在李萍的身边，双手紧紧搂着李萍的身体幸福地说：我不是在做梦吧，我娶了你这么漂亮的女人，真好，太好了。我都不敢相信这一切是真的。

李萍也不敢相信这一切竟是真的。

六

吴天亮的不真实感和李萍的不真实感是截然相反的。李萍想象中的部队和现实生活的差距太大了,她没想到自己会成为一个彻头彻尾的家庭妇女,她才二十四岁,她不甘于就这样生活下去。

一天晚上吃过饭,吴天亮打着饱嗝,一副酒足饭饱的样子。时间还早,周围便静悄悄的了,部队营院方向偶尔传来一两声战士打闹的声音。这些天来,这里的静让李萍感觉到压抑,她想与人交流连个伴都没有。于是她就冲吴天亮说:我要上班。

吴天亮正在剔牙,半晌才说:上什么班?

李萍说:当家庭妇女我受不了,我想找一份工作。

吴天亮坐下来,冲李萍说:这里不比长春,没有班可上,你知道出了门就是山,西边还有一个村子,他们都种地,难道你要去种地?

李萍眼里含了泪,想说什么又说不出来的样子。

吴天亮自知对不住李萍,坐过来,把手搭在她的肩上,用商量的语气说:天天让你在家呆着还不好?我一个月八十多元钱，养活咱们一家三口足够了，白天你想干什么就干什么。

李萍还能说什么呢。

白天的时候，李萍也试着找点事做，三间屋打扫过了，又把院子扫了，这时太阳还没有从东面大山后出来，剩下的时间里就是发呆了。左邻右舍的妇女们跟她一样，送走丈夫上班，孩子上学之后，也没事可干了，曾邀过李萍去家里坐过，那完全是老娘们之间的东拉西扯，她们问过了她长春又问过了对这里的感受，接下来三句话就不离床上那点事了，政委的女人问：吴主任前些年受了一次伤，那个管听说都割下去了，床上他还行不行？

李萍就红了脸，她还没有听过这样的话。

团长的女人就笑着说：真是新娘子，还不好意思呢，问你男人那东西还中不中？

她想逃跑了，她们嬉笑成一团，最后岔开话题，用扑克牌算命，牌摊在桌子上，然后又一张一张地撒开，这时太阳从山后面升起来了，又一点点地向西斜去，时光就这么一点点地流走了。李萍呆不下去了，她逃也似的离开政委家，离开这几个女人，她心里堵得慌，想喊想叫。

那几个女人就在她背后喊：吴主任家里的，再呆一会儿，忙啥，离做中午饭还早着呢。

女人还说：这个吴主任家的，长得好看，脾气也大，咋说走就走了呢。

……

她现在已经被称为吴主任家里的了，她有名有姓，她不喜欢更不适应这种称呼。这里的女人一律称对方为家里的。团长的女人被称为团长家里的,政委的女人被称为政委家里的。这是一群四十多岁的女人,她们大都是从农村随军来到这里的,她们心甘情愿地当家庭妇女,从农村到部队,她们什么也不用干,照顾男人孩子,一天三顿饭,她们知足了。李萍无论如何也不能和这些家庭妇女打成一片,她才二十四岁,她有许多梦想。

从那以后,她很少去串门了,她料理完家务,有时站在院子里望着四周的大山出神,她想起了长春,想起了卷烟厂和那里的亲人,那时她想离开那里,走得越远越好,现在她开始思念那里的一切了。 此时长春的一切都是那么亲切,那么的让人思念,泪水不知什么时候又悄悄地流了出来。

她开始想家了,想家里的一切。 她开始写信,先是给卷烟厂的那些工友们写,当拿起笔的时候,心情又变了,说了一些思念的话之后,她又说到了自己,她说自己在一家保密的军工厂上班,地址是不对外的,要是来信就让吴天亮转收就可以了,然后又留下河北某县某某部队的地址。

给工友们写完又给父亲写,在家的时候,父母的吵架,还有那两间小房,让她经常有上不来气的感觉,还有哥哥姐姐们的工作,让她头疼,她惦念着他们,她希望他们都能从农村回来,找到一份工作,然后成家立业,同样她也不想对他们说出实情,照例会写上自己工作、生活得都很好,这里有楼房,马路比长春的还宽,挣得比在卷烟厂时还多,花好月圆地说了一大堆。 在写信的时候,她的眼前经常浮现起那些工友和亲人听说她要嫁给解放军的首长时流露出的羡慕神情。 她在他们的眼里是幸运的,她不能让他们看出不幸来。 信一封又一封地发走了，没过多久，回信又一封封地来了，信封上写着吴天亮转交李萍，因为她告诉他们自己的工作单位是保密的。

工友们在信里除了表示对她的思念外，就是羡慕的话语，有一个小姐妹在信里还求她给介绍一个军官，说不是团级首长也可以，排长副连长啥的就中。

父亲在信中首先祝愿她工作顺利，生活幸福美满之外，还告诉她姐姐已经顶了她的班去卷烟厂上班了，二哥也有返城的可能了……她读了家里的信，心里更空了，也就是说，她把自己连根从长春拔走了，户口工作她都没有了，她现在只是一名随军家属，住在一个四面不见天日的山沟里。

那些日子她的情绪低落，郁郁寡欢的样子。吴天亮也知道她不高兴，小心地陪着。晚上两人躺在床上，她找出那些来信读，读着读着眼泪就流出来了。

吴天亮就说：想家了吧，要不啥时候回家一趟？

她不说话，任泪水流着。

吴天亮就叹口气：我知道让你从长春到这里，连个工作都丢了，委屈你了。

她听了他的话，泪水流得更多了。

他又说：我有可能调到城里驻军去，我们的军部在石家庄，如果我调到石家庄军部去，马上就给你联系工作。

她忙问：什么时候？

他突然不语了，半晌才说：反正有机会。

她一下子又泄了气，在这里的军人都希望自己有晋升的可能，因为到了那时，他们就可以进城了。吴天亮从入伍到现在一直在这个部队工作，他早就盼着自己调走了。

吴天亮见她不说话了，便好言相劝：你嫁给我，你是吃亏了，我这么大岁数了，你这么漂亮又年轻，我还拖个孩子，真是难为你了。如果我调不了工作，就提出转业，到时候咱们一起回长春。

她从他的话语里似乎又看到了希望，既然已经这样了，日子总还得往下过。

有时候她心里堵得受不了了，就走出家门，绕过部队，顺着那唯一的沙石路走下去，她来的时候就是从这条路上来的，山里面的住户很少，路上几乎遇不到一辆车和一个行人，偶尔会看见放牛或放羊的，赶着一群羊或几头牛，晃晃悠悠地在路上走过，她走了好远也见不到尽头的样子。她想起来那一天，吉普车在这条路上颠簸了几十分钟，路的那头就是县城，县城离她太遥远了。

她也去过那个有小学的村庄，大丫还有部队其他人家的孩子都在这个村庄里上小学，听说去中学还要走更远的路，得翻过一座山，再走上五六里路才有一个公社，公社里有中学。村庄不大，在村东头有一片空地，空地上建了一排房子，那就是这里的学校，她来到的时候，有几只鸡和几头猪在学校门前的空地上睡觉，它们懒洋洋的样子，和这里人的神情没什么两样。她看见有几个村民坐在村中一棵树下懒洋洋地打盹，还有个女人，敞着怀，露出两个奶子在给娃喂奶。这里的一切，恍若梦里。只有学生的读书声才把她招呼到现实中来，听着学生们的读书声，让她想起自己上学那会儿，仿佛就是昨天的事。她在那里呆站了一会儿，又站了一会儿，才落寞地往回走。

她回到部队家属院，站在自家那个小院里，似乎魂仍然没有回来,她呆呆愣愣地,不知自己要干什么。

吴天亮见她这么不开心的样子,便只能陪着小心。一天,他对她说:你一个人呆着也怪寂寞的,要不让王小毛来陪陪你,他是高中毕业,我的勤务员。

李萍翻翻眼皮看了看他。

吴天亮又说:你不是喜欢读小说嘛,部队阅览室里有书,我让王小毛给你找来。

她不知王小毛是谁,但她喜欢读书,上学的时候,别的功课都一般,就是语文课好,作文写得也好。

七

那天上午和别的上午并没有两样,部队上班的军号刚刚吹过,吴主任是踩着军号声离开家门的,李萍知道寂寞的一天又开始了,大丫上学已经走了,大丫很懂事,上学之前自己的房间已经打扫过了,什么地方都显得井井有条,李萍唯一可以做的就是打扫另外两个房间,做这一切并不需要多长时间,剩下的时间里,她就这里摸摸,那里看看,她正在恍惚的时候,院门外有人敲门,以前很少这时候有人来,政委家里的,还有团长家里的来串门,从来不敲门,而是在门外大呼小叫。李萍推开里屋门走出去,就看见门外站着一个年轻的战士,脸孔红红的,一双眼睛扑闪着向她望来,他怀里还抱了一叠书,他轻轻地叫了声:姐。

她望着这个小战士,不知为什么,心里"扑扑愣愣"地乱跳了一会儿,她忙打开门。战士就一本正经地说:姐,是吴主任让我给你送书的,我叫王小毛,是政治处的勤务员兼新闻报道员。

她忙伸出手让王小毛屋里面请。王小毛有些腼腆的样子,但还是进来了,坐在餐桌的一角,把那叠书也放下了,然后红着脸说：姐，这是我在阅览室帮你挑的书。然后就一本本地拿给李萍看。最后站起来说：姐，那我先走了，过两天我再给你送新书来。

说完，还给李萍敬了个礼，转过身走了。李萍一直把王小毛送到院子里，一直目送他的身影消失。直到这时她才在心里笑一笑，觉得这个小战士怪可爱的，他叫她姐，叫得那么自然，她回想起那声姐，心里怪舒服的，有种异样的感觉。

王小毛走后，她开始翻那些书，这都是一些旧书，《林海雪原》《青春之歌》《保卫延安》什么的，有的她上高中时已经读过了，有的还没有读，有了书的陪伴她的日子就有了滋味。她翻那些书时，封皮的背面是阅览室的借书卡，何年何月何人借书了，她在每本书的借书卡上都看到了王小毛的名字，一本书有时还出现两次王小毛的名字，也就是说，王小毛不止读了一遍。她读书时，心里就多了一种异样的感觉，心想，这都是王小毛读过的书呢。

有书读的日子过得很充实，她那颗烦乱不安的心踏实多了。吴天亮中午或晚上回来的时候，她的脸也不那么愁苦了，有时还会冲吴天亮笑一笑，吃饭或躺在床上的时候他们之间就多了许多交流。

她问：那个王小毛多大了？

她还问：王小毛是哪儿的人？

她又问：平时他在部队都干什么工作？

……

她从吴天亮那里得知王小毛是全团为数不多的高中毕业生，是河南洛阳人，平时在机关里打扫卫生，剩下的时间里就协助宣传干事写写新闻报道。 吴天亮最后说：别看王小毛今年才只有二十二岁，他一年上报纸的新闻稿比宣传干事还多。

在吴天亮的描述中，她对王小毛多少有了些了解，她又想起王小毛喊她姐时的样子，她在心里就笑了笑。

那天她对吴天亮说：哎，我的书都看完了，再让王小毛帮我找几本。

吴天亮说：你光看书也不行，还得有人陪你说说话，我知道你和那些家属不是一类人，也没什么共同语言，以后王小毛有时间，我就让他过来陪你说说话。

她听了吴天亮的主意，心里很温暖，又想起了王小毛的样子，但她嘴上没说什么。

从那以后，王小毛不仅帮她借书还书，有时径直来找她，进门就说：姐，家里有什么活让我帮忙么？

当然不会让王小毛干什么活，该干的活她早就干完了，剩下的时间里，她就让王小毛坐在餐桌边陪她说话。 两人果然有许多共同语言，他们是差不多时间里高中毕业的，虽然一个是长春，一个是洛阳，但经历的事情都差不多，两人甚至说到了小时候玩的一些玩具和方法也如出一辙，说到这里两人都会相视一笑。

有一次，王小毛突然问：姐，今年你多大了？

李萍说：二十四了，你问这个干什么？

王小毛脸红了一下，忙说：没什么。

王小毛似乎找不到话茬了，用手指去抠自己的衣袋。

李萍忙把话题引到读书上了，她问：那些书你都读了？

王小毛这回自然了起来，他点点头说：我上学的时候，别的功课都不太好，就是语文好，老师让写作文，别人写一篇，我写两篇，有时候三篇。

王小毛说到这里时，两眼放光。

王小毛接下来又说：我上高中时就有一个想法，那时立志要当一个作家。

李萍忙问：那现在呢？

王小毛抬起头说：现在我也是这么想。

当王小毛说出自己的爱好和理想时，李萍的胸膛被猛然地撞击着，王小毛的理想又何尝不是自己的理想呢？ 当王小毛说这话时，她痴痴怔怔地望着王小毛，当王小毛说完了，她还没有醒过来。

看得王小毛低下头说：姐，你怎么了？

直到这时她才回过神来，忙说：我跟你一样。

两人的爱好和志趣惊人的一致，使两个人的距离一下子拉近了，两人都说自己读过的书，他们读过的书也大同小异，当两人说到他们共同感兴趣的细节时，也惊人的相似，然后他们又一起笑，笑过了就沉静下来，然后他们的表情就都有些不自然。 王小毛看了眼腕上的表想起了什么似的说：时间不早了，看看处里有没有事。

王小毛说完就站起身，然后又说：姐，你别送了，我又不是客人。

他这么说，她还是会把他送出院外，他走了几步，冲他招招手说：姐，回去吧。 然后就一路小跑着走了。

有了王小毛，李萍的日子充实多了。 笑容经常挂在脸上，做起饭来也有了心情，经常变换一些花样。 吴天亮自然看出了李萍的变化，他也高兴了起来，然后说：你慢慢会适应这里的，你主要的问题就是怕寂寞，以后就多让王小毛来陪你。

王小毛果然来的次数就更多了，有时上下午各一趟，他们似乎是老熟人了，仿佛一生下来就认识。

有一天王小毛说：姐，你真像我高中一个同学。

李萍就说：你那个同学漂亮么？

王小毛说：漂亮，和你差不多。

李萍笑着说：你是不是对人家有意思？

王小毛叹口气说：有意思有什么用，去年我探家，人家跟市委书记的儿子订婚了。

李萍就"噢"了一声。

半晌，王小毛突然问：姐，你怎么嫁给吴主任了，是别人介绍的？

王小毛这么问，李萍的心就沉了下来，她一时说不清心里是什么感觉，半晌没有说话。

王小毛自知说错了话，忙又补充了句：吴主任对我们都很好，他是很有水平的领导。

两人说到这样话题的时候，语言就艰涩起来，对于吴天亮，李萍的心情既复杂又朦胧，嫁给他之前只见过他一面，可以说是在毫不了解的情况下嫁给他的，当然谈不上感情。自从来到部队之后，被人称为吴主任"家里的"，他对她应该算是不错的，他一直认为娶了李萍自己满足又愧对李萍，所以对她怀着的是一种忍让的态度。除了他年龄比她大一些，又有个孩子，驻军的地方不好外，吴天亮这个人还是可以的。她不知什么是爱情，也说不清爱情，她甚至以为婚姻就是爱情。父母就是这么过来的,吵闹了一辈子,退了休还在吵闹,然后就是为了生活操劳奔波,生活的本质让爱情逃遁了。

当时她把那张小小的纸条放在烟盒里,就是希求有一个条件稍好一点的男人能把她从现实生活带走,远离家庭的愁苦,现在吴天亮把她带出来了,只不过是从一种现实带到另一种现实,她分不清哪种现实更适合自己,她只能认命。

这些日子,李萍也一直在梳理自己的心情和想法,她知道自己无法逃避现实,她也说不清哪种现实更好,但她还是烦恼。无穷无尽的烦恼让她很难看清自己的本质。在有王小毛的日子里,她暂时忘记了烦恼,她和他有说有笑,她甚至对生活又多了一份幻想。在有王小毛的时候,她甚至都没有去想没有王小毛的日子,她又该怎么过。

王小毛的出现,的确改变了李萍的生活,包括她对吴天亮的态度。她心甘情愿地为吴天亮洗衣做饭,接受着大丫的存在。她认为大丫也没什么不好,她没有给自己添什么太大的麻烦,做饭时多添一把米,洗衣服的时候多添一瓢水。反正,她现在有的是时间,就不在乎多干一点少干一点。让她无法接受的是大丫叫她妈时,她不愿意又得去面对,好在大丫一天到晚也叫不了两次,晚上回来吃完饭,就安安静静躲到自己屋子里不出来了。

晚上躺在床上和吴天亮亲昵完后,吴天亮说得最多的一句话就是:你不在乎我不能让你生孩子吧。

到现在为止,她真的没有想过生孩子的事情,吴天亮每次这么问,她都在黑暗中摇摇头。吴天亮就长吁口气,然后握住她的手,很幸福地说:我这辈子找到你真是上辈子修来的福哇。 吴天亮对自己的幸福生活非常满足。

　　李萍躺在吴天亮的身边,夜半时分会突然醒来,然后她就想到了王小毛,自己只比他大两岁。 她不知自己为什么要想这些。 一想起这些,思维就飘得很远,她会长时期地失眠。

八

王小毛有时工作忙,他不停地要参加这样或那样的政治学习。如果王小毛无法过来陪她,她就六神无主的样子,不停地走出院子向通往部队营院的那条小路张望,一趟又一趟的,后来清醒过来,她打了个激灵,心想自己这是怎么了?王小毛迟早有一天会离开部队的,他要是不在了呢,难道自己就没法生活了?她强迫自己不胡思乱想,回到屋里翻看王小毛给她找来的书。书还是那本书,可她却看不下去,打开一篇,看了几遍也不知道那些字连缀起来的意思。后来索性又把书合上了,从屋里到院里又从院里到院外,直到王小毛急匆匆走来。王小毛坐在她面前,还微微喘着,他说:下午政治学习,会一完我就过来了。

她望着他,他的脸仍那么红红的,眼睛扑闪着。他又意识到了她的目光,低下头,脸更加地红了,他轻叫一声:姐。

她应一声,接下来两人就没有更多的语言了,他们谁也不敢正视对方的眼睛,都虚虚地盯着眼前最近的东西看。

她说:我要是真有你这么个弟弟就好了。

他说:我真想把你当成亲姐。

她又想到了现实,苦笑一下,想起了什么似的问:小毛,你这是第几年兵了?

王小毛说:我是超期服役了,今年都是第四年了。

她又问:今年你会走么?

他答:不好说,要是不能提干只能走了。

她听了这话,心里就沉了一下。两人一时似乎找不到更多的话语了。她看了一眼表,离吴天亮下班的时间不多了,她说:小毛,你陪我做饭吧。

王小毛跟她来到厨房,他想帮她择菜什么的,她不让他动,他就倚在门框上看着她做饭,那是她做得最舒心的一次饭,菜也炒出了花样,到最后她惊讶自己竟一口气做了六个菜。

这时吴天亮回来了,王小毛就要走,她忙说:你看我做这么多菜,我们一家人也吃不完,你就留在这里吃吧。

王小毛还想说什么,吴天亮就说:留下一起吃。

王小毛说了声:是。就留下来了。

吴天亮似乎也很高兴,因为他看到李萍今天晚上神采奕奕的,王小毛却很拘束的样子,他不敢抬头看任何人,把自己的脸埋在碗里,李萍不停地为王小毛夹菜,一边夹一边说:小毛你多吃点菜,谢谢你给我借来了那么多的书。

她后半句话是说给吴天亮听的。

吴天亮也说:小毛呀,有时间你以后就经常过来陪陪李萍,她和那些家属不一样,她一个人孤单。

王小毛就低下头答:是,主任。

吴天亮是王小毛的首长,他只能这么回答。王小毛狼吞虎咽地吃完了饭,没有冲她说话,而是冲主任说:主任没事我就走了。

说完低着头匆匆地往外走去了,她跟在后面去送王小毛,两人来到院子里,王小毛才抬起头,轻轻地说了声:姐,你回去吧。他望了她一眼。

虽然王小毛在吃饭时没有说过几句话,但她还是高兴,仿佛她和王小毛之间有了心照不宣的秘密。她为了这种小秘密而兴奋,那天晚上,她两颊赤红,神采奕奕。她送走王小毛又陪着吴天亮吃了半碗饭,她问吴天亮:下半年小毛是不是要复员呀?

吴天亮想了想说:有可能,他都超期服役了。

她又问:他不能提干么?

他看了她一眼,摇摇头说:难,上面给的指标太少。

她不易察觉地轻叹了一口气,吴天亮放下碗沉吟半晌才说:你寂寞我知道,唉,要是你能怀上个孩子,有了孩子你的心就会被占满了。

她说:我不想生孩子。

她也不知道自己为什么要说这话。仿佛有了孩子她的梦想就没有了。

吴天亮叹口气道:想生也没办法呀,我受过伤,这你不是不知道。

两人把话说到这,李萍的情绪一下子低落下来,她这种反复无常的样子,自己也感觉到很奇怪。

王小毛和宣传干事到连队去采访了,他们这支部队住得很分散,有十几个连队都在更远的山沟里,这里只是团部所在地。王小毛下部队的消息是吴天亮告诉她的,那天中午吴天亮回来吃午饭,腋下夹了几本书,递给她说:这是王小毛帮你找的书。

她问:他呢?

他说:下部队采访去了。

吴天亮下午去上班,李萍才开始翻那几本书,一张纸条落了下来,是王小毛留给他的纸条,王小毛在纸条上说:

姐,我去下部队采访,半个月之后回来,找了几本新书让吴主任给你捎去。

就是这份普普通通的纸条,她看了一遍又一遍,这是王小毛留给她的纸条,他没让吴天亮带来,而是夹在了书里,就凭这一点,她感到这张纸条非同一般。

季节已经是夏天了,她搬了一把椅子坐在小院里,她在翻看王小毛留给她的书,可她总是走神,她抬起眼睛的时候,仿佛就看到了王小毛的身影一步步向她走来。她低下头又想到了王小毛,她在算计着王小毛回来的时间,王小毛刚刚走了三天,离他回来的时间还有十几天呢。这么想过了,日子就过得很慢。

那些日子,李萍变得无精打采的,干什么事情都心不在焉。吴天亮就问:你怎么了?

她答:没怎么。

吴天亮就叹口气道:我知道这山沟里没什么可呆的,你要是想家就回家一趟吧。

家有时她会想起,可并不那么强烈,前几天父亲来信说:二哥已经从农村回来了,现在正等着分配工作。父母,大哥一家三口,还有姐,二哥都挤在那两间小房里,她想起来就感到可怕,连个放屁股的空间都找不到,那就是她想的家么?

有时她的思路又会岔开,她想:如果当初装着她梦想的那盒烟没落在吴天亮的手里,而是落在别人的手里又会怎么样呢? 在她潜意识里,便闪现出王小毛的身影,她的脸又开始发烧了。 吴天亮似乎为了感谢"迎春"牌香烟,他一直抽那个牌子的烟,在李萍的印象里,似乎一直没有换过。

第十六天头上,王小毛突然出现在了她的面前,那是一天上午。 李萍早就坐卧不安了,昨天她一次又一次地走出家门来到部队营院门口向里面张望,她知道王小毛还没回来,可她忍不住还是去张望了几次。

她惊喜地望着王小毛,王小毛风尘仆仆的样子,似乎黑了些,也瘦了些,他背着挎包站在那里冲她微笑。

她喊了声:小毛。 声音有些哽咽。

王小毛从挎包里掏出一个用炮弹壳做的花瓶,里面还插着几朵野花。 王小毛说:姐,这是我给你带来的。

她接过来,心里"扑扑"乱跳着。 她一时找不到合适的话语,显得手忙脚乱的样子,她慌慌地说:你还没吃饭吧,你还没洗脸吧? 我给你打水,我给你做饭去。

王小毛就说:姐,你别忙了,我还要去向吴主任汇报,下午我再来看你。

王小毛说完转身就走了。

她怀里抱着他为她带来的那个炮弹壳做的花瓶,仿佛拥着一个梦。 王小毛走后,她好半晌才回过神来,在花瓶里浇了水,把那个花瓶摆在显眼的位置上。 她左右打量着那个花瓶,莫名的兴奋和激动从心底里一点点地漾开来。 王小毛没回部队就来看她,就凭这一点就会让她兴奋好几天的。

九

该来的事情不可避免地来了,王小毛在年底还是复员了。王小毛在复员前几天,他就得到了自己要复员的消息,他来向李萍告别。那天下午,两人就坐在秋天的院子里。李萍知道王小毛迟早会离开部队的,但他真的要走了,她还是吃了一惊,脸色苍白地望着王小毛。王小毛也是一副无可奈何的样子,他低着头一句话也不说。

半晌王小毛抬起头很动情地说:姐,再过三天我就离开这里了。他抬起头来的时候,露出了他眼里噙着的泪水,李萍心中最柔软的地方动了一动。

她问:没有别的办法了?

他摇摇头道:吴主任已经宣布了,今年留队的指标太少,我都超期服役了。

那天下午,两人就那么默坐了一会儿,后来王小毛还是走了,走时把在阅览室借的书都带走了。因为是以他名义借的,要复员了自然要还回去。

王小毛抱着那摞书走了,她望着王小毛的背影,突然有一种大哭一场的欲望。

吴天亮晚上回来的时候见李萍的脸色很不好看，便问：你怎么了？

她说：能不能不让王小毛走？

吴天亮看了她好一会儿，似乎要从她脸上看出什么内容来，最后还是摇摇头说：王小毛提干，上级没批，他都超期服役了，没有理由留在部队了。

她听了吴天亮坚定的回答，便一下子泄了气，她以为吴天亮能掌握王小毛的命运。

吴天亮又说：我知道你寂寞，这段时间王小毛陪着你，你对他有些好感，这可以理解。王小毛走了，还有小李，明天让小李来陪你就是了。

吴天亮说得轻描淡写。

王小毛要走的那一天，她冲吴天亮提出来，要请王小毛来家吃顿饭，吴天亮没有提出异议。那天晚上，她做了好多菜，吴天亮下班的时候，带着王小毛来了。王小毛要走了，神情似乎比上次在家吃饭时自然了许多。李萍又找来几个杯子，在杯子里倒上了酒。

王小毛在饭桌上很好地控制了自己的情绪，他端起杯子向吴天亮敬酒，他祝吴天亮身体健康，步步高升。他也和李萍碰了杯，对她没有称呼，目光只盯着自己的杯口，小声地说：祝你心情愉快。

那天的晚饭吃得没有想象中的那么热烈，王小毛吃完饭就告辞了，走到门口的时候他回身冲吴主任敬了个礼道：主任，再见了。

吴天亮说：好男儿志在四方，回去找个好工作。

他回头时看了她一眼，似有许多话要说。

她回头冲吴天亮说：我去送送小王。

说完便和王小毛走了出去，走到大门口时，她和王小毛的肩撞了一下，王小毛低声地说：姐，你回去吧。

她没说什么，一直跟在王小毛的身后。从家属区到部队营区那条小路没有路灯，晚上是很黑的，此时路上一个人也没有。

她和他向前走着，她突然说：哎，明天几点走？

他站住了，面对着她答：明天一大早就走。

她也立住，就在黑暗中望着他。

他叫了一声：姐——

她听出王小毛带了哭腔。

她说不清哪来的勇气，一下子把他抱住了，他也顺势把她抱住了。

他哭泣着说：姐，我舍不得离开你，我走了会想你的。

她再也控制不住了，流着眼泪说：我也舍不得你，我也会想你。

两人紧紧搂抱着，轻轻地哭泣着，最后还是李萍先回过神来，松开手，泪眼婆娑地望着他说：小毛，别忘了给姐来信。

这时，她听见院门在响，她猜可能是吴天亮出来了。

王小毛也小声地说：姐，你回去吧，吴主任出来了，我会给你来信的。

说完王小毛就走了，她转身之前，用袖口狠狠地抹了一把眼泪。

进屋后，吴天亮还是在她眼睛里看出什么来了，不过他什么也没说，两人早早就上床睡下了。 她一夜也没有睡好，一会儿醒一次，每次醒来一想到王小毛明天就要走了，她心里便一剜一剜地疼。 早晨的时候，军营里的起床号响了，吴天亮起床了，他冲她说：我送老兵去车站，早晨就不在家吃了。 说完就走出家门。

不一会儿，她听见复员的老兵在唱一支歌，她不知道歌的名字，那是复员老兵用歌声在向部队告别。 歌声中肯定会有王小毛的声音，她似乎听到了王小毛的歌声，泪水又一次不可遏止地流了出来，好在屋里就她一个人，她不用掩饰什么，泪水打湿了枕头。

王小毛走了，她便开始朝思夜盼地等待王小毛的来信，她不知道王小毛会在信中说什么，她觉得有许多话要对王小毛说。

王小毛走后没两天，吴天亮让一个叫小李的兵给李萍送来了几本书。 小李十八九岁的样子，进门就敬礼，然后把书放下，接下来就不知说什么了，然后一遍遍地问：嫂子家里有啥活儿没有？ 她只能说：小李谢谢你送书，没啥活儿你回去吧。 小李又规矩地给她敬礼，然后就走了。

看到小李她又想到了王小毛，王小毛一见面就叫她姐，小李却叫她嫂子。 远近是很明显的，一想起王小毛她的心里就空了，无着无落的那一种。 干什么她脑子里都会闪现出王小毛的样子，然后就走神，把和王小毛在一起的每个细节一点点地回忆一遍。

那天中午，吴天亮回来时在饭桌上放下一封信，她一看见那封信便知道是王小毛来的，信封上写着"吴天亮主任收"的字样，吴天亮已经把信打开了，她心里咯噔一下，吴天亮没说什么，只埋头吃饭，她忍不住问：这信是王小毛来的？

吴天亮"嗯"了一声。

吴天亮吃完午饭就躺在床上午睡了，她躺在床上一直惦记着桌子上那封信，她不知道王小毛在信里写的是什么，因为信封上写着吴天亮主任收，想必他也不会说什么，往部队里写信都必须经过吴天亮转，这一点王小毛是清楚的，这么一想之后，她看信的冲动就少了许多。 终于，下午上班的军号吹响了，吴天亮一走出去，她还是迫不及待地拿起了王小毛的来信。 果然，王小毛在信的开头只称呼吴主任，汇报自己已经安全到家了，正等待军人安置办公室给安排工作，又说了许多谢谢吴主任这么多年栽培的话等等。 只是在信的结尾处写了这么一句话：请给李萍姐带好，祝她心情愉快，万事如意！

虽然就是这么平淡的一句话，她还是心潮难平。 对王小毛的思念源源不断地奔涌出来。 她想听到他真实的话语，这显然是做不到的，她突然冒出一个主意，那就是回长春，在那里，她可以给他写信，他也可以给她回信，想说什么，就说什么。主意已定，她立马收拾东西，一分钟也不想在这里呆了。 吴天亮晚上回来的时候，她把回长春的想法对他说了。

吴天亮只问：明天就走？

她答：明天就走。

他问：是不是家里出什么事了？

她答：没有，就是想家了。

他半晌又说：回去一趟也好，你来都快到一年了，还没回过家呢，不过你走这么急我就没法陪你回去了。

她说：你忙，我自己回去就可以。

第二天，吴天亮要了一辆吉普车，把她送到了县城的火车站，掏出这个月刚发的工资递到她的手上。又反复交代，回来前让长春那个战友打电话告诉她的车次，他好来车站接她，千叮咛万嘱托的，直到车开，吴天亮才挥着手离开站台。

此时，李萍恨不能一下子飞回到长春。一路上她都在颠簸的车厢里给王小毛写信，她一离开部队浑身就松弛下来，只剩下对王小毛的思念。车到长春后，她没有直接回家，而是直接去了站前的邮电局，把给王小毛的信发走，才一身轻松地往家赶。

离开家一年了，又回来了，得到了全家热烈欢迎，父母、哥、姐都一通打听，她说得轻描淡写，和给他们写信的语气差不多。姐回来了，二哥也回来了，两间小屋都快挤爆炸了。她在父母房间的空地上搭了一个铺，她在等待王小毛的信。

头两天家人对她的热乎劲，到第三天时就消失得无影无踪了，因为她的回来给家里又添了许多拥挤。按她的本意，她一天也不想在这个家多呆，远远地离开这里，给家留一份念想。可她要等王小毛的信，她在给王小毛的信里该说的都已经说了，她告诉他，她爱他，离不开他。如果说，他来信告诉她，他也爱她，那么她会毫不犹豫地去找他，如果他不爱她，她只能回部队去找吴天亮，她认命了。

十

　　王小毛的信如约而至地来了，这次信封上明白无误地写着自己的名字。李萍拿到信的那一刻，手有些颤抖。她撕开信，只看了第一眼便泪如雨下，王小毛的第一句话是：姐，我想你……

　　王小毛正如李萍期待的那样，他也在思念她，没有了她，他的生活也就失去了动力和意义。王小毛的工作已经分配好了，就在洛阳的拖拉机制造厂。可是生活中没有了李萍，他干什么都提不起精神，总想回部队再去看她一眼。

　　李萍不再犹豫了，她收起了信，简单地收拾了自己的衣物，便向车站赶去，家里人以为她这是回部队，争抢着要送她，她没有让任何人送，买了一张直达洛阳的火车票。当她登上火车的时候，不由自主地又想到了一年前自己坐火车去找吴天亮时的情景，两次的心情如此的相近，又如此的遥远。这次她又怀着崭新的心情奔向洛阳，奔向她朝思暮念的王小毛。

　　李萍赶到洛阳拖拉机制造厂，她不知如何去找王小毛，她只能在门口等着他，从中午一直到晚上，她就一动不动地站在那里，不放过进门和出门的每个男人的身影。终于在晚上下班的人流里,她看到了王小毛,王小毛一个人,无精打采地骑着自行车往外冲,那一刻,李萍的喉头哽咽,她喊了几声王小毛都没有喊出来,眼看王小毛就要从自己的眼前消失了,她才喊了出来:王小毛——

王小毛听到了,他从自行车上下来,很快就看到了站在人流外的李萍,他把自行车扔在那里,在自行车流里穿梭着,有几次他差点被自行车撞着,他终于跑到了她的面前,他的脸依旧红红的,扑闪的眼睛里有泪花在闪动。他叫了一声:姐,真的是你!

他们之间不知是谁向对方张开了臂膀,两个人就那么紧紧地拥抱在一起。这个世界只剩下了他们两个人,他说:姐,我想你。她说:小毛,我也想你。两人的泪水都不约而同地涌了出来,仿佛他们分离了一个世纪。当两人清醒过来的时候,厂门口的车流人流已经消失了,只剩下三两个无所事事的人不停地往这里望。王小毛转身推起自行车,他说:姐,咱们走。李萍终于见到了王小毛,她不问他去哪里,她已经下定决心:这次来就不走了,她要和王小毛生生死死地在一起。最后王小毛把李萍领到了一个招待所门前,王小毛看见李萍不解地望着自己,便说:今天先住这儿,明天一早我就去租房子。

王小毛见李萍仍然不解又说:我把咱们的事对我父母说了,他们不同意,咱们不能回家,要自力更生。

那天晚上,王小毛一直在招待所陪着李萍,两人有说不完的话,从小说说到部队,又从部队说到洛阳,两人情绪饱满,兴奋异常,他们拉着对方的手,似乎一不小心,对方就会从自己的身边消失。

王小毛说：姐，你真的再也不回部队了？

李萍说：不回了，就是吴天亮用八抬大轿来抬我，我也不回了。

王小毛说：我只是个工人，你以后不会嫌弃我吧。

李萍一把抱住王小毛，泪水又一次涌了出来：姐还怕你嫌弃呢，我比你大两岁，又结过婚。

两人这种痴痴傻傻的话说了一夜，第二天一早，王小毛很容易就租到了一间房，每月租金十元钱。接下来两人就开始布置自己的小家了，李萍跑到商店买了一件碎花的窗帘，又买来了被褥等等，一间十几平米的小房经过一天的布置，样子很温馨，李萍靠在床上，幸福地望着王小毛道：咱们也有自己的家了。

王小毛也幸福地望着她。李萍用手臂勾着王小毛的脖子，喃喃着说：小毛，我要跟你结婚。王小毛似乎清醒了一些道：你和吴天亮还没有离婚呢，怎么和我结婚？

这句话也让李萍清醒了过来，她冲王小毛说：我要给吴天亮写信，让他马上跟我离婚。

吴天亮接到李萍从洛阳给他发过去的信，简直不敢相信自己的眼睛，他一连把李萍那封信看了三遍，最后才明白过来，此时李萍和王小毛在一起，他们要结婚了。

吴天亮来到洛阳，又辗转着找到李萍的时候，李萍正在打扫自己的新家，这里简单却整洁，外面小胡同很破烂，但小屋里却是另一番天地。她嘴里哼着歌，正琢磨着把一捧塑料花插在哪里合适，吴天亮就出现了，吴天亮看着眼前的一切什么都明白了，墙上还挂着李萍和王小毛的合影，屋里到处都是两个人的东西。

吴天亮一下子就蹲到地上，抱住头，眼泪一滴又一滴地落下来。 吴天亮抖着声音说：李萍，你跟我回去吧。

李萍摇摇头，直到这时李萍才意识到，从最初到现在，自己从没有爱过吴天亮。 她望着眼前的吴天亮心里一点感觉也没有。

吴天亮仰起头说：为什么？ 你说回长春，我还等你回家呢。

李萍说：吴天亮，你是个好人，可我不爱你，跟你在一起不快乐，离开你也不想你。 可我爱王小毛，想王小毛，所以我就来了，我不会跟你回部队了。

吴天亮又说：你是不是嫌部队偏僻，我转业，咱们回城里，行不行？

李萍摇摇头。

吴天亮站起来了，他抹了一把眼泪，又一次打量这小屋一眼，然后道：李萍，我娶你那天就像做梦，今天这一切我也权当是一场梦吧，我同意和你离婚。 回部队后我就把离婚手续给你寄来。

吴天亮说完转身就走了，再也没有回头。 吴天亮说到做到，没几天的工夫，离婚手续就寄来了。 又是几天之后，王小毛和李萍去街道登记结婚了。

王小毛变得更勤奋了，上班也是早出晚归，为了减轻王小毛的压力，李萍在胡同口摆了个菜摊，一大早她去菜市场批发一些菜回来，白天就在胡同口卖菜。 王小毛晚上下班回来的时候，李萍的菜差不多也卖完了，然后两人相拥着往回走，李萍在院子里做饭,王小毛给打着下手,两人一直有说有笑的。他们的晚餐吃得香甜无比,他喂她一口,她喂他一口,然后两人就嘻嘻地笑。当两人相拥着躺在床上的时候,王小毛就耳语着对李萍说:你不嫌我是个穷光蛋吧。

李萍说:我还怕你嫌我是个卖菜婆呢。

两人又笑作一团,最后李萍认真地说:小毛,我想给你生个孩子,咱们两个人的孩子。

好,那我就让你生。王小毛用力地把李萍放平。欢乐的声音便充满了小屋。

一年以后,他们的孩子终于出世了,是个女儿,李萍给孩子起名为毛毛。王小毛不在家时,李萍便一遍遍地喊着女儿的名字:毛毛。她一喊女儿,就想到了王小毛,心里便充盈着前所未有的幸福。

孩子出生后,李萍没法卖菜了,家里又多了一大笔开销,靠王小毛一个人上班,又要付房租,又要一家人的花销,日子就紧巴起来。一天晚上,王小毛拥着女儿和李萍说出了自己的一个决定,他准备辞去拖拉机厂的工作,去给一家运输公司跑车,每月的工资是拖拉机厂没法比的。

王小毛说完这一决定,李萍的心里抖了一下,她欠起身子说:你要辞去工作,去干个体?

王小毛说:我要让你们娘俩过上好日子,咱们以后不能总租别人的房子吧,我要给你们一个幸福的家,不能让老婆孩子幸福的男人还算什么男人?

王小毛决心已下,李萍就不好说什么了。那时她盼着毛毛早点长大,她要和王小毛一起,共建他们美好、幸福的家。

十一

　　李萍和王小毛一起再苦再累她都觉得幸福，王小毛在外面跑运输，有时三两天也不能回来，李萍就带着孩子安宁而幸福地等待着王小毛的归来，王小毛是李萍的全部寄托和希望。有时王小毛会在半夜里回来，王小毛的脚步声一进小院，李萍便能准确判断出来，她即便睡得再深，也能感受到王小毛的脚步声，仿佛她的每根神经都张开了，专门谛听着那脚步声。王小毛还没有敲门，门已经被李萍打开了，她张开温暖的怀抱迎接着王小毛的归来。王小毛让李萍的生活充满了期待。

　　一转眼，孩子快满三岁了，这段时间李萍张罗着把孩子送到幼儿园去，然后自己摆个服装摊，她不想把一家生活的压力都放在王小毛一个人的身上。王小毛跑运输，比以前在工厂收入高多了，他们已经积攒起了开服装摊的钱了。事情就在这时发生了让李萍意想不到的变故，王小毛出车祸了。王小毛这次运输跑的是江苏的徐州方向，本来一切都挺顺利的，就在车队即将到洛阳时，王小毛的车和迎面而来的一辆卡车相撞了，王小毛还没有送到医院便死了。

　　李萍最初得到这一消息时，傻在那里，她不相信这一切会是真的。直到赶到了医院的太平间，看到了满身是血的王小毛，她才相信眼前的一切，在处理丈夫后事的过程中，她没说一句话，也没有掉一滴眼泪。最后她捧着王小毛的骨灰回到那间小房里时，才真正恸哭起来，她一边哭，一边诉说：小毛，你不管姐了，你走了，姐一个人怎么活呀？小毛你这是要去哪呀，姐再也找不到你了……

整整三天的时间，李萍哭哭停停，停停哭哭，直到三天后，邻居把她的孩子毛毛送回来，她才清醒过来。王小毛不在了，可是她和王小毛共同的孩子还在，毛毛长得很像她的父亲，她在毛毛的身上又看到了王小毛的影子，她有理由为毛毛，为了不在的王小毛活下去。

王小毛不在了，洛阳就跟她没有任何关系了，她当初来洛阳是为了王小毛，既然王小毛不在了，她没有理由在洛阳呆下去了。洛阳是李萍幸福的开始，也是个伤心之地。李萍带着毛毛，带着王小毛的骨灰，一家三口离开了洛阳，回到了长春。

李萍和吴天亮离婚，和王小毛结婚，曾遭到全家人的诘难，他们所有的人都不同意李萍这种荒唐举动，当初她和吴天亮结合没有人反对，现在她要和王小毛结婚却遭到了全家人乃至朋友的一致反对。她和王小毛结婚后，便和家里断绝了来往，刚开始父亲还来过几封信，她一封也没有回，最后父亲的信也没有了。

上世纪80年代的长春变化很大，她工作过的卷烟厂早就不生产"迎春"牌香烟了，而是生产一种叫"人参"牌子的烟。大哥单位分了房子搬出去单过了。姐也结了婚过起了自己的小日子，二哥在一家合资公司里上班，据说每月的薪水很丰厚，父母的那两间房还在，只剩下父母住了。哥哥姐姐偶尔回来一趟，也是匆匆地来又匆匆地去，他们都有自己的事要忙，过去那个拥挤的家，想拥挤怕也凑不齐人了。

　　李萍暂时就住在父母家里，他们面对不幸的李萍还能说什么呢，他们什么也说不出来了，只能用叹气来抒发自己对李萍的担忧了。 李萍一回到长春便下定决心找件事来做，她要靠自己的手养活自己和毛毛。 王小毛不在了，她已经承认了眼前的现实，在洛阳时她就有开个服装摊的想法，她现在还有这个想法。 接下来她就跑各种手续，在工商局办理手续时，她意外地见到了吴天亮。 吴天亮已经转业了，他现在是工商管理所的所长，她认出吴天亮时，吴天亮也认出了她。 两人都没有说话，就那么对望着，李萍怀疑这是在做梦，狠狠地掐了自己一下，才相信眼前这一切是真实的。

　　吴天亮嘴唇蠕动着，半晌才说：李萍，真的是你？

　　直到这时，李萍才发现吴天亮比以前瘦了，鬓角似乎都有白头发了。

　　事情因为巧合，所以变得顺利起来，李萍很快就拿到了营业执照。 她的服装摊开了起来。 也就是从那以后，她三天两头地就能看到吴天亮的身影，这一片服装摊位就归吴天亮的工商所管辖。 吴天亮有时在她摊位前站一站，没有顾客时，两人还会交谈上几句：

　　他说：那年我从洛阳回去就转业了。

　　她低着头在清理衣服，他的话她在听着。

　　他又说：战友帮忙让我来到了长春。

她抬起头，望了他一眼，发现他正在盯着她。她的心抖了一下，不知为什么，自从下决心和吴天亮离婚，她就隐隐的觉得对不住吴天亮。吴天亮并没有错，错的只是她。

半晌她才说：你是不是想问我为什么回长春了？

他没有说话，显然他想知道她的一切。

她说：王小毛死了，是车祸。

她说完这话时，她发现他夹烟的手抖了一下，半晌他才哑着嗓子说：小毛是个好兵，聪明能干，当初要是能在部队提干就不会有这事了。

两人说完就都默然了，他们一时找不到话题再说下去。

从那以后，两人的关系似乎一下子近了起来，有时两个人跟老朋友似的站在那里说会儿话，有时她要去卫生间，也会喊吴天亮过来帮她看一下服装摊。还有时，傍晚她要去幼儿园接孩子，也会让吴天亮看摊。

左邻右舍摊位上的人不明白李萍和吴所长为什么会那么熟，就过来纷纷打听，人们问：行呀，李萍，啥时候跟吴所长混得这么熟？

她就笑一笑说：好多年前就认识了。

别人就不再说什么了。

后来吴天亮把接毛毛的活包下来了，他怕李萍接孩子影响生意，李萍推辞几次，吴天亮执意要做，她也就不坚持了。

有天晚上，李萍关了自己的摊位，一回身看见吴天亮穿着便装站在她的身后，她忙问：有事么？

他嗫嚅道：我想请你吃顿饭。

那天晚上，两人都喝了酒。

吴天亮说：那次我从洛阳回来，死的心都有了。自从我跟你结婚，我认为我是天下最幸福的人，怕失去你，最后还是失去了你。你知道我转业为什么来长春么？

李萍望着吴天亮，她不知说什么。

他又接着说：我就是希望有朝一日能在长春看到你，我现在终于见到你了，我知足了。

她低下头去，吴天亮这番话让她的心动了动，她知道爱一个人是什么滋味，吴天亮是爱她的。吴天亮没有对不起她，她爱上了王小毛，毅然地离开吴天亮，应该说她对不起他。

她说：对不起。

吴天亮摇摇头又道：还记得大丫么？

她点点头。

吴天亮说：孩子一直记着你，上次我从洛阳回去，她问我：爸，妈妈怎么不回来了。我怎么跟孩子说呢，最后孩子还是知道了，她陪我哭了一个晚上，她以为你不回去是因为她。

李萍又想起了那个懂事的大丫，她忙问：大丫还好么？

吴天亮叹口气说：她都上高中了，住校，周末才回来。

自从那次吴天亮向她吐露了心声，她心里一直沉甸甸的，吴天亮还是三天两头在她摊前转一转，两人有一搭无一搭地说上几句话，可她的心情却跟以前不一样了。

有天晚上，吴天亮突然出现在她租住的小房子里，自从她开了服装摊之后，她就从家里搬了出来，她受不了父母的唉声叹气。吴天亮出现的时候，毛毛已经睡着了，她正在为自己煮方便面。吴天亮看了眼这间小房，又看了眼床上熟睡着的毛毛，突然拉住她的一只手哽着声音说：李萍，你一个人过太难了。

自从王小毛死后，还没有一个人对她说过这样的话。她一个女人，既要照顾生意，又要带孩子，她自己也知道难，真是太难了。哥哥姐姐也帮她介绍过男人，她一个也没有见。自从王小毛死后，她的心也跟着死了。

今天，吴天亮拉着她的手，说出了这样一句话，她的心一下子垮了，她控制不住自己伏在吴天亮的肩头痛哭失声。吴天亮把她抱在怀里，就跟当年一样，小心而又急迫，半晌，他拍着她的后背说：李萍，你要是愿意，咱们结婚吧，现在跟当年不一样了，我会让你幸福的。

她离开他的肩头，认真地望着他。这就是当年自己认为可以托付梦想的男人，这个男人又一次走进了她的生活。如梦如幻的一瞬间，她觉得时光倒流了。

XING——FU——

DE——

WAN————

MEI—

幸福的完美

上　篇

一

　　娴静、端庄、貌美的师医院护士李静爱上了师部警通连的警卫排长梁亮，似乎这一切顺理成章。

　　梁亮是住进师医院之后，才和李静发生爱情的。在这之前，梁亮并不认识李静，但李静却认识梁亮。梁亮差不多是师机关的名人，不仅因为梁亮长了一副挺拔的身板，更重要的是，梁亮当战士的时候，就有一副极好的身材，他是全师学雷锋标兵，还是学习毛泽东思想的积极分子。每年师里都会组织两次演讲比赛，梁亮就是那会儿脱颖而出的。很多人都认识他，不论是干部还是战士。

　　梁亮成为师里的名人是有基础的，他刚当新兵不久，中央的8341部队来师里选人，梁亮差点就被选中。8341部队是很著名的，那是中央的警卫部队，专门给国家和军委的领导站岗放哨。不仅要求这些人政治合格，而且还要相貌英俊，个头儿也得一米七六以上，那时候谁要是能进入8341部队，那是一种至高的荣耀。

那年8341部队来师里选人，选来选去，最初选了十几个人，那十几个新兵站在一起，简直是一个模子刻出来的，小伙子个个精神，挺拔，后来又选了两轮，最后只剩下三个人了，这当中仍有梁亮。8341部队的人已经首肯这三个人，回去就能给他们发调令了，不想后来的情况发生了变化。因为8341部队致函师里，信中说，警卫任务有变化，部队不需要那么多人了。最后梁亮他们谁也没有去成8341部队。过了一阵子，有小道消息说：8341部队来选人，是给周恩来总理作贴身警卫，后因周总理住进了医院，警卫不需要了，梁亮他们才没有去成。不管这小道消息是真是假，在师里上上下下着实传说了一阵子。因此，梁亮也跟着著名起来。许多出入师部大院的人，都想找机会一睹梁亮的风采。那时的梁亮已经新兵连结束，在师机关的警通连负责在师部大院站门岗，人们很容易就能看到梁亮站在哨位上的身姿，不论谁看到梁亮都会在心里赞叹：这小伙子不错，有英武之气。

这种认识只是对梁亮表面的一种认可，随着时间的流逝，人们才真正发现，原来梁亮不仅人长得英武俊美，他还是很有才气的。能写一手好字，还会画画，出口成章，古典诗词张口就来，尤其是朗读毛泽东的诗词，简直和电台播音员不分高下。这么样的一个人物，在小小的师机关里，很快就脱颖而出了。梁亮是个勤奋上进的小伙子，当满三年兵时入了党，提了干。那时他年轻，才二十三岁，人们在梁亮身上看到了无限的前途和光明。

梁亮很活跃，只要师里有出人头地的事都会和他有关。比方"八一""十一"等众大场合的晚会，还有师部院里的各种标语、口号的书写，都有梁亮的参与。师医院许多女孩子都在暗恋着梁亮，她们把梁亮想象成白马王子、梦中情人。梁亮这是第一次住进师医院，他不像有些年轻干部有事没事总爱往师医院跑，为的就是能和师医院那些女兵套套磁，或者为得到一张笑脸、几句玩笑什么的。梁亮亮从来都不，他见到师医院这些女孩子时，从来都是目光斜视，他越是这样，就越是惹得那些女孩子心里痒痒的。

前不久，梁亮在一次越障训练中，不小心把小腿摔骨折了，没有办法，他住进了师医院。骨折的小腿重新接过了，打着厚厚的石膏，在医院里休养。梁亮住院，成了师里那些女孩子的节日，她们整天嘻嘻哈哈、有事没事地就来找梁亮。梁亮住院的确够闷的了，平时陪伴他的就是一只"红灯"牌半导体收音机，能有人来陪他说话，他是不会拒绝的。但他和这些护士，还有女兵一直保持着合适的界线和距离。那些日子，他换下来的衣服总有人抢着去洗，包括他的内衣。梁亮觉得这样很不好，就自己拄着拐，挪到水房里自己去洗。

李静是负责梁亮这间病房的护士，每天她都要出入病房几次，给病人分药、打针、测体温什么的，李静似乎对梁亮没有那些女孩子那么热乎，她和梁亮在一起从来都是严肃认真的。没事也从不多说什么，她对他说得最多的一句话就是：梁亮，这是你的药。说过了，盯一眼梁亮就出去了。李静不和他多说什么，也是因为李静的漂亮，李静被称为师里的第一美女，别人都这么说，这一点她心里也清楚，也有陈大虎的追求为证。

陈大虎是师机关训练科的参谋,这些都不能说明陈大虎的身份,要想说明陈大虎身份的最好办法就是提他的父亲,他的父亲不仅全军区的人都知道,差不多全国的人都知道,那就是军区的陈司令员。 据说陈司令员和林彪的关系不一般,两人在长征的时候就是好战友,这么多年的硝烟烽火的,两人结下了生死友谊,有一段时间曾流传,林彪向毛主席建议要把陈司令员调到军委去工作,只因后来林彪出逃,又被摔了下来,这事也就不了了之,但陈司令员的位置一直没人能撼动。 林彪在时他是司令员,林彪不在了,他仍是司令员,可见他在毛主席心中的分量。

陈司令的公子陈大虎有一阵子追求李静都到了走火入魔的程度,只要一下班,他几乎就泡在师医院里,不停地腆着脸冲李静微笑,千方百计要讨得李静的欢心。 师医院里那么多女孩子,他不对别人动心,偏偏对李静动心,这足以说明李静不是一般的人物。 李静不仅人漂亮,家庭出身也好,她父亲是省军区的政委。 虽然省军区和大军区还差着一大截,但那也算是高干了。 李静的父亲和陈司令关系也不一般,传说李静的父亲曾给陈司令当过通讯员,那时陈司令还只是名营长。 这子一辈父一辈的关系,谁看了都眼馋,就在人们认为陈大虎和李静这对金童玉女就要走到一起时,人们突然很少见到陈大虎在师医院里出入的身影了。 不久就有消息说,陈大虎又爱上了军区文工团的独唱演员马莉莎。 所有的人都认识马莉莎,因为他们看过她的演出,她最拿手的曲目是《南泥湾》和《绣红旗》。 她用嘹亮的嗓子唱歌时,让人们不由自主地想起了郭兰英。 陈大虎爱上马莉莎,人们能够理解,很快人们就不再议论李静和陈大虎的关系了，但人们心里都清楚，是陈大虎把李静给甩了，人家看上更好的了。

也可能是经历了这样的一次挫折，李静变得与众不同起来。她用冷漠和尊严把自己遭受挫折的心灵包裹了起来。她不再相信男人的花言巧语，更不愿意随便把自己的爱情交给男人了。

李静对梁亮是有好感的，在那个审美单一的年代里，任谁见了梁亮这么优秀的军官，都会动心的。李静在私下里也对梁亮动过心，只不过她不会像那些女孩子一样那么表现罢了。因为她漂亮，因为她和陈大虎有过那么一段，还因为自己的父亲是省军区的政委，诸如此类的优越条件，足以让李静卓尔不群起来。

梁亮对李静的看法也是与众不同的，她越是表现的不一样，他越觉得李静和那些热情似火的女兵不能等同。梁亮很少来师医院，因此，他对李静和这些女兵的情况几乎一无所知。但他一眼就能看出李静和其他女兵是不一样的，不仅因为李静的冷漠，也不是因为李静的漂亮，这些都不全是，重要的是李静身上有股劲儿，有股与众不同的劲儿，这种劲儿让梁亮对李静充满了好奇和好感。他每次见到款款走进病房的李静，心里的什么东西就会动一动，然后他的目光就随着李静的身影动来动去的。

李静不和他多说什么，分完药，交代几句服药的注意事项就走了。有时不经意间，两人的目光快速地碰撞在一起，就又很快地躲开了。李静走后，梁亮躺在病床上望着天棚，呆呆地愣一会儿神。

二

处于朦胧恋情中的男女,他们之间有时就隔着纸那么薄的一层东西,一旦捅破了,就会进入一种崭新的天地。

拉近两个人距离的,还是梁亮那种追求完美的精神。因小腿骨折而在病床上躺了一个多月的梁亮,终于迎来了拆掉腿上石膏的日子,也就是说,他拆掉腿上的石膏,就可以自由地走路了。石膏拆掉了,医生和梁亮都怔住了,梁亮的小腿在接骨时并没有完全复位,也就是说,他的大腿和小腿并没有在一条直线上,直接的后果就是,他的伤腿将永远不能像摔伤前那么行走了。梁亮傻了,医生因失误也唉叹连连。豆大的汗珠从梁亮的头上滚落下来,他变腔变调地说:医生,有没有办法让我的腿再重新接一次?

医生下意识地答:除非再断一次。

梁亮盯着自己接错位的腿看了一会儿,又看了眼医生,然后一拐一拐地向病房里走去。他走进病房后,就用被子蒙住了头,他在床上躺了好久,在这期间李静来查了几次病房,她看见梁亮就那么一动不动地躺在那里。她看到这个样子,想说点什么,但看见他一动不动的,安慰的话都到了嘴边,就又咽回去了。梁亮这种样子一直持续到了中午。此时,正是医生和护士交班的时候,他们听到梁亮的病房传来石破天惊的一声巨响。当医生、护士拥进梁亮的病房时,他们被眼前的景象惊呆了,梁亮把那只伤腿插在床头的栏杆里,床头是铁的,刷了一层白漆。梁亮用铁床头再一次把自己的伤腿弄折了,此时的梁亮已晕倒在了床上。

梁亮把自己接错位的腿再一次弄折的消息，被演绎成许多版本传开了。不管是哪种说法都让人震惊，他们一律对梁亮追求完美的行为深深地折服。那种疼痛不是一般人能够忍受的，就是能够忍受，也不一定有勇气去那么尝试。梁亮这么做了，做得很彻底，他让自己那只不完美的腿，又从伤处齐齐地断裂了。

当李静闯进病房时，她看到昏死过去的梁亮的嘴里还死死地咬着床单，让她无法使梁亮的嘴与床单分开，最后她只能用剪刀把床单剪开。当场梁亮就被推进手术室里，又一次接骨了。

第二天，李静又一闪走进病房见到梁亮时，梁亮早就清醒过来了。他重新接过的伤腿被高高地悬吊起来，正神色平静地望着自己的伤腿。李静走进来时，他的眼皮都没有眨一下。

李静就站在他的床旁，先是把药放在他的床头柜上，平时她交代几句就该走了，今天却没走，就那么望着他，他意识到了，望了她一眼。这一次，她没有躲避他的目光，就那么镇静地望着他。

她说：昨天那一声，太吓人了。

他咧了咧嘴。

她又说：其实，不重接也没什么，恢复好的话，外人也看不出来。

他说：我心里接受不了，那样我自己会难受。

她不说话了，望着他的目光就多了些内容。

从那以后，两人经常在病房里交流，话题从最初的伤腿开始,后来就渐渐广泛起来。梁亮情绪好一些时,他会躺在床上抑扬顿挫地为她朗读一段毛主席的诗词,他最喜欢有着"数风流人物,还看今朝"那样美妙词句的那一首《沁园春·雪》。梁亮二十出头,正是血气方刚,年轻气盛,他向往那些风流人物,又何尝不把自己也当成一位风流人物呢?

李静被梁亮的神情打动了,以前在师里组织的联欢会上,她曾无数次地看过梁亮的朗诵,但没有一次是在这种近距离下听过,这是他为自己一个人朗诵的。这么想过后,心里就有了一种别样的滋味。

时间长了,两人的谈话就深入了一些,直到这时,李静才知道梁亮出身于知识分子家庭。梁亮的父亲是大学中文系的教授,从小在父亲的影响下,读过很多书,梁亮能写能画也就不奇怪了。

有一次,梁亮冲李静说:能帮我找本书吗?我都躺了快两个月了,闷死了。

第二天,李静就悄悄地塞给梁亮一本书,书用画报包了书皮。梁亮伸手一翻,没看书皮就知道这是那本《钢铁是怎样炼成的》。上高中时,他就读过它了,但他没说什么,还是欣然收下了。他躺在床上又读了一遍,发现再读这本书时,感觉竟有些异样起来。他觉得自己越来越像书中的保尔了,这本书显然是李静读过的,书里还散发着女性的气息。他的手一触到那本书,神经便兴奋起来。

那天下午,太阳暖烘烘地从窗外照进病房,梁亮手捧着书躺在床上,望着天棚正在遐想,李静推门走了进来。她没有穿白大褂,只穿着军装,这说明她已经下班了,她神情闲散地坐在凳子上。自从那天的巨响之后,她心里的什么地方也那么轰隆一响,之后,她对待梁亮就不那么矜持了,她的心被打动了。她对他的好感已明显地落实在了她的行动中,经过这一段的交往,她有些依赖梁亮了。在她的潜意识里,有事没事地总爱往他的病房里跑。这是四个人一间的病房,师医院很小,主要是接收师里的干部、战士,虽然每天出入医院的人很多,但真正有病住院的人并不多,所以,梁亮的这间病房就一直这么空着。

她坐在阳光里,笑吟吟地问:书看完了?

他望着阳光中的她,她的脸颊上有一层淡淡的茸毛,这让他的心里就有了一种甜蜜和痒痒的感觉。他没说什么,只是点点头。接下来,两人就说了许多,他说"保尔",她说"冬妮亚"。在那个年代里,"保尔"和"冬妮亚"就是爱情的代名词。两人小心翼翼地触及到这个话题时,他们的脸都有些发烧,但他们还是兴奋异常地把这样的话题说下去。

她突然问:如果你是保尔,你怎么面对那困难?

他沉吟了半晌答:我要完好地活着,要是真的像保尔那样,我宁可去死。

他这么说了,她的心头一震,仿佛那声巨响又一次响了起来,并且声音越来越大,越来越强,反复地在她的心里撞击着。

过了片刻,她说:我要是冬妮亚就不会离开保尔,因为他需要她。

他神情专注地望着她,因为太专注,他的眼皮跳了跳。他的呼吸开始有些粗重,她的脸红着,一副羞怯的样子。一股电击的感觉快速地从他的身体里流了过来,此时她在他的眼里是完美的。 漂亮、娴淑的李静,就这样坚不可摧地走进了梁亮的情感世界。

感情这东西,有时是心照不宣的,势不可当的,不该来时,千呼万唤也没用;该来了,挡都挡不住。 在病房里,两个同样优秀的青年男女,他们朦胧的爱情发出了嫩芽。

第二天,她又为他找了一本书,那本书叫《牛虻》。 在这之前,他同样读过,可他又一次阅读,就读出了另一番滋味。他阅读这本书时,仿佛在阅读着李静和自己,是那么深邃和完美。 他陶醉其中,不能自已。

因为有了梁亮,李静单调的护士生活一下子有了色彩,生活的意味也与众不同起来。 就在两个人的感情蒸蒸日上的时候,梁亮的腿第二次拆掉了石膏,这一次很理想,他的腿已经严丝合缝地复位了。

梁亮怀着完美的心情出院了,他和李静的关系并没有画上句号,他们又掀开了一个新的篇章。 梁亮有时候在暗中庆幸自己住院的经历,如果不住院,或者第一次接骨成功,他就不会和李静有什么了。

三

梁亮和李静的恋爱掀开了新了一页,人们经常可以看到如下的场景:

每天黄昏时分,李静和梁亮就会走在师部营院外的一条羊肠小路上,路很窄,两人几乎是挨在一起走,样子很亲密,他们在低声地交谈着。 具体说的是什么,没人能够知晓,只有他们自己才知道说了些什么。

一有时间,梁亮就会迈着军人的标准步伐出现在师医院里,他成了师医院里的常客,许多医生和护士也都和他熟悉起来。 也许要过许久,也许用不了多久,梁亮又会满面笑容地从师医院里走出来,仿佛他被李静注射了一针强心剂,样子鲜活无比。

警通连的宿舍里,也经常能见到李静的出入,警通连一半男兵一半女兵,按道理说,警通连是阴阳平衡的,他们不会为一个女兵的到来一惊一乍的,然而李静每次出现在警通连都会引起一阵不小的骚动。 李静太漂亮了,让警通连的女兵自愧不如,她们学着李静的样子装扮自己,或弯出一缕刘海儿,或翻出一角碎花衬衫的领边,但不管怎么收拾,始终出不了李静的那种效果。 李静的美丽是骨子里流露出来的,学是学不像的。她们一面嫉妒着李静,一面又模仿着李静。 虽然,梁亮就是她们的排长,天天生活在一起,但梁亮的女朋友却是李静,他只能是她们的梦中情人。

……

那些日子里,师部院内院外留下了梁亮和李静亲密的身影,也铭刻了他们发自内心的幸福。 有许多人猛然意识到,他们走在一起竟是那么般配,那么和谐,他们是天生的一对,除此与谁相配都不合适。

正当梁亮沉浸在爱情的愉悦中时,他得到了一个消息——李静和陈大虎谈过恋爱,且时间长达半年之久。 在这期间,李静利用休假曾随陈大虎去过省城的军区陈大虎家,一星期后两人才返回。

梁亮得到这一消息时,如同在炭盆里浇了一瓢冷水。在和李静的交往中,李静从来没有提过那一段经历。

对于陈大虎,梁亮当然认识,他们都在师部机关,可以说是低头不见抬头见,陈大虎要比梁亮早两年入伍。他入伍的时候,陈大虎刚提干,走起路来目不斜视的。他对陈大虎没什么好印象,在他得知陈大虎的父亲就是军区的陈司令员时,他在心里得出个结论,那就是狐假虎威。而他自己是优秀的,靠的是自己的本事走到今天,陈大虎肯定是靠他的老子。这是他对陈大虎的印象。两人年龄差不多,有了这种印象后,他开始从骨子里瞧不上陈大虎。他的先入为主注定了和陈大虎之间的距离。他从不主动和陈大虎拉什么关系,陈大虎肯定也不会主动和他有什么,两人经常在师部大院里走个对面,他们你看我一眼,我瞧你一眼,有时点个头,有时连个头都不点。两人可以说都是师机关的名人,梁亮是因为多才多艺,什么样的活动都少不了他,陈大虎则是因为出身,许多年轻干部对陈大虎又羡慕又奉迎,就是范师长也经常把陈大虎叫到家里去喝几杯。

范师长参加革命那会儿不久成了排长,因此范师长经常在全师大会上讲起当年那些战争岁月,每次一提到战争,就离不开陈司令员,他说:陈司令员呐,可是一员猛将,都当师长了,还和我们一样打冲锋,抱着一挺轻机枪,左冲右突,杀出一条血路,陈司令员当年可是了不起的人物……范师长每次这么说都是一脸神往的样子,渐渐地人们就知道范师长和陈司令员的关系不一般了。

有一次,陈司令员到师里检查工作,在范师长汇报工作时，别人并没看出陈司令员和范师长间有什么特别之处。汇报结束后，两人在范师长办公室里喝了一次酒，酒是范师长从家里拿来的，也没什么菜，一盘油炸花生米，一盘鸡蛋，最后两人都喝多了，都说到了过去的战争岁月。他们越说越激动，恨不能再回到以前那种爬冰卧雪的日子，最后陈司令员提议，让范师长陪他到士兵的宿舍里住一个晚上。范师长回到家，抱着自己的铺盖子真的和陈司令员来到了士兵的宿舍。他们把士兵赶到上铺去，两人睡到了下铺。据那天晚上有幸和司令员、师长一起睡过的士兵讲，他们一晚上都没睡着觉，刚开始是兴奋，后来司令员、师长都打起了呼噜，两人的呼噜都很有水平，比赛似的，弄得六个士兵天不亮就蹑手蹑脚地起床了。他们门里门外地自动给司令和师长当起了警卫。

陈大虎和范师长的关系也不一般，因此，陈大虎在师里也不会正眼看几个人，心高气傲得很。

关于和李静恋爱的事情的确是有过，当然是陈大虎主动的，凭他的条件，只要他主动，没有几个姑娘不动心。陈大虎曾把自己封为军区的"林立果"。当然，他这是在心里把自己这么定位的。小时候，他就对林立果选"妃"的事略知一二，那时他还小。"林办"的人和父亲很熟，林立果选媳妇的事就是林办和父亲的招呼。父亲曾和母亲有过这方面的对话——

父亲说：首长这么办事可欠考虑，影响不好。

母亲说：这是孩子的大事，请老战友帮帮忙，这算啥？

父亲说：这事传出去，我们军队领导都成啥了？

母亲说：你不会秘密的呀。

父亲说：这事咋秘密？

母亲说：这你就别管了，我来办。

结果，母亲就插手了。母亲那时在后勤部当一名处长，她先是叫来军区总院的政委，又叫来文工团的团长，这样那样地交代了一番。那些日子，家里经常会出现眉目清秀、身材窈窕的女兵，她们一律受到母亲严格的盘问。后来，终于有两个女兵被母亲带到了北京，先是母亲回来了，不久那两个女兵也回来了。然后母亲就和父亲嘀咕，父亲一边摇头一边叹气。很快，那两个女兵就离开部队，转业去了地方。

这是小时候的事，那时陈大虎还不太明白，等他长大了，就明白了。那时林彪已经出事了，林立果自然和林彪一同消失了。从此，家里再也不提这件事了。

陈大虎入伍、提干后，也到了男大当婚的年龄，他就想到了林立果当年选"妃"的事。他不是林立果，他只是陈大虎，但他也要选一选。李静是他选的第几个，他也记不清了，他曾带着李静回过一次家，他没敢把李静领回家，他怕父亲把他踹出来。这事一切都由母亲做主，母亲曾偷偷来到军区招待所见过李静，当然李静并不知情。母亲用挑剔的眼光左左右右地把李静打量了，观察了。最后，母亲总结地说：这孩子好看是好看，但不富态，老了就不行了。

这是母亲的话，没了母亲的支持，陈大虎的心就凉了一半。但那时他和李静正在热恋中，他舍不得抛下李静，但又不好反对母亲，他仍偷偷跑到招待所和李静见面。母亲只能把文工团的马莉莎叫到家里和陈大虎见了一面，马莉莎是母亲在文工团为陈大虎看上的未来儿媳。马莉莎果然长得丰满异常，她又很会来事，见第二次面时，陈大虎觉得已经离不开马莉莎了。 马莉莎热情似火，还有那一双水汪汪的大眼睛，让陈大虎招架不住，从此他决心和李静断了那层关系。

那次恋爱的失败，让李静备受打击，她差不多有几个月没缓过劲儿来。 那时她就发誓，以后自己再找男朋友，一定要比陈大虎强。 结果梁亮出现了，梁亮只是背景没有陈大虎那么强，但各方面都要比陈大虎优秀。 她和梁亮捅破了那层窗户纸后，便一心一意地和梁亮谈起了恋爱。 就在这时，梁亮知道了她曾和陈大虎有过那么一段，于是两人的故事有了转折。

四

梁亮是从王参谋那里得知陈大虎和李静谈过恋爱的。 王参谋和陈大虎在一个宿舍里住，他对陈大虎的私生活应该说是了如指掌。

那天，梁亮和李静约会刚刚回来，就看到在操场上散步的王参谋。 王参谋笑眯眯地望着梁亮，一副欲言又止的样子。 那阵子，梁亮正处在巨大的幸福之中，他所见到的事和人都是那么美好，当然在他的眼里，王参谋也不例外。 他看到王参谋便停下来，掏出烟来递给王参谋一支，两人一边往前走，一边吸烟。 王参谋就说：去约会了？

梁亮就笑一笑，他这是默认了。

王参谋就说：李静这姑娘真的不错，你们俩是天生的一对，在咱们师，你们俩能走到一起，是最合适不过了。

梁亮已经听了很多这样的话了，但今天王参谋这么说，他还是感到很受用，于是他就一边笑着一边往前走。

王参谋这时突然叹口气，然后又转折着说：陈大虎是没福气呀，李静对他那么痴情，他说不要人家就不要了，真是个命呀！

梁亮听了王参谋的话，一下子站住了，他回过头冲王参谋说：你说谁不要谁了？

王参谋也睁大眼睛说：陈大虎和李静谈过恋爱，你不知道？

梁亮张大嘴巴道：李静陈大虎谈过？

王参谋道：我以为你知道呢，他们俩谈了那么长时间，陈大虎还把李静领回家过，你真的就不知道？

梁亮的心跳陡然加速，感到血液都涌到了头上，他痴痴怔怔地望着王参谋。

王参谋说：李静是个好姑娘，她太善良了。她和陈大虎谈恋爱时，陈大虎的袜子她都洗，她对你也一定错不了。

梁亮的眼前忽然就黑了，他不知道自己是怎么走回连队的。通讯排长朱大菊正在往晾衣绳上搭水淋淋的衣服，通讯排都是女兵，朱大菊是女兵排的排长，她当然也是个女军人。朱大菊人生得很黑，力气也大，她经常和警卫排的男兵扳手腕，有许多男兵都扳不过她。她也主动要求和梁亮扳手腕，梁亮没有和她比试过，他不是怕比不过她，总觉得她是个女人，就是赢了脸上也光彩不到哪里去。于是，朱大菊就一直耿耿于怀。她看见梁亮神情不对，气色不好，就跑过来说：小梁子，咋了？是不是李静欺负你了？

梁亮不想和朱大菊多说什么，他和朱大菊同岁，但朱大菊比他早一年入伍，在他面前处处摆出一副老兵的架势，她一直称呼他为"小梁子"。

梁亮越是这样,朱大菊越是想了解其中的底细,她一冲动,就跟着梁亮回到了宿舍里。她走在后面,进门后用脚后跟把门踢上。他们都是警通连的干部,两人自然很熟,熟到朱大菊有事找梁亮从不敲门,推开就进。有一次梁亮曾含蓄地对她说:朱排长,这是男兵宿舍,你这样进来不怕看见不想看到的吗?

朱大菊大咧咧地说:咳,有啥呀,你们男兵能有啥,不就是换个裤子啥的,那有啥,我见得多了。

梁亮这么说了,她依然我行我素,她和梁亮说话总是粗门大嗓,不分你我的样子。朱大菊在师里也算是个人物,她曾有着光辉的背景。她是从老区入伍的,她的养母可是全国拥军模范。解放军战争那会儿,养母是拥军队长,什么做棉衣、鞋垫,还有家乡的红枣什么的,通过养母的手源源不断地送到前线子弟兵的手中。部队过长江时,养母曾推着小车一直随大军南下到了海南岛。养母的名气显赫得很。养母做出的最大的贡献是救过范师长,范师长在解放战争那会儿是排长,在孟良崮战役中被敌人的炮弹炸伤了,按范师长的话说,自己快被炸碎了。是朱大菊的养母,带着担架队把范师长抬了回来,范师长在野战医院住了几天,部队就转移了,范师长因伤势太重没能随部队一起走,只能安置在老乡家。朱大菊的养母主动请缨,把范师长背回家,然后用小米和红枣熬粥,一点点把范师长将养起来。半年后,范师长又是一个面色红润,活蹦乱跳的小伙子了。范师长临离开救命恩人时动了感情,他跪在救命恩人面前,声泪俱下地说:大姐,你是我的亲姐,要是我小范活着回来,我一定报答你的大恩大德。

养母也哭了,半后多的时间里,她已经和范排长处出感情来了,她早就把范排长当成自己的亲人了。她抱着范排长的头,哭着说:你去杀敌吧,要是伤着了就找大姐来,只要你还有一口气,大姐一定能用小米粥把你救活。

部队越走越远,后来范师长和救命恩人就断了往来,直到几年前,范师长在报纸上看到了朱大姐的事迹,那时朱大姐已经有名字了,就叫朱拥军,他越看越觉得朱拥军很像当年自己的救命恩人。于是他去了一趟老区,果然是当年的朱大姐。范师长和朱大姐又一次动了感情,他们拥在一起,百感交集就不用说了,临走时范师长对朱大姐说:大姐,你有啥事就说,我就是头拱地也为你办。

那会儿,朱大菊刚放学回来,朱拥军一见朱大菊就果然有了心事,朱大菊不是她亲生的,这辈子她没生养过,病根自己也知道,年轻那会儿她雨里水里的随大军南征北战落下了毛病。于是,在她年纪大时抱养了朱大菊。她没别的愿望,她就是想让朱大菊去当兵,她太爱人民子弟兵了。她的想法刚和范师长说了一半,范师长就摆摆手说:大姐,啥也别说了,你真的能舍得姑娘和我走?

朱拥军一拍腿说:当兵保祖国,有啥舍不得的。

当天,范师长就把朱大菊带走了。

朱大菊果然不负重望,老区的丫头吃苦受累不算啥,从小就受养母的影响,她的觉悟没啥说的,男兵干不了的她都能干。于是很快入了党后,又很快就提干当了排长。朱大菊深得范师长的喜爱。范师长经常在全师大会上表扬朱大菊,表扬她老区的本色没有丢。范师长一说到老区就眼泪汪汪的,范师长是个重感情的人,他的心中不仅装着部队,同时还盛着老区人民的深情厚谊。

因为朱大菊的经历,梁亮对她也是崇敬有加。那时一个人的出身和背景是至关重要的。

朱大菊一进门,就一手叉腰,一手舞动着说:是不是那个李静把你甩了,你说,要是她甩了你,我去找她说理去。

梁亮现在没心思和朱大菊磨牙,便不冷不热地说:朱排长,让我一个人清静一会儿,你忙你的去吧。

朱大菊似乎没听出梁亮的弦外之音,仍叉着腰说:李静有啥呀,不就是长得漂亮嘛,当初陈大虎甩她时,她咋不牛哄哄的?

梁亮从朱大菊的嘴里再一次证实了李静和陈大虎谈过恋爱的事实,并且是让人家陈大虎给甩了。看来,许多人都知道李静和陈大虎的事,唯有自己不知道,这说明当初和李静谈恋爱就是一个错误。

按理说,李静和别人谈过恋爱与否,跟他应该没有什么关系,让梁亮无法接受的是,他是一个追求完美的人。他从王参谋那里得知,李静连袜子都给陈大虎洗,况且还去过陈大虎家,看来两人的关系已经非同一般,但结果还是被陈大虎给甩了。这么说来,李静在陈大虎眼里已经是个破瓜了。这是其一,还有重要的一点,那就是梁亮在心底里从来没有瞧得起过陈大虎,陈大虎是什么人,除了他爸是军区司令员外,自己哪儿都比陈大虎优秀。好多人背地里都在议论陈大虎,说他是个花心大萝卜,仗着家里的背景不断地谈恋爱,以谈恋爱的名义玩弄女性。

那一刻，梁亮猛然意识到，李静是陈大虎丢掉的，别人用过的东西，自己凭什么捡起来。一时间，李静留给梁亮的那些美好的印象荡然无存。

梁亮恨自己有眼无珠，怎么就看上了一个别人甩掉的烂瓜，同时他也恨李静，恨她为什么要隐瞒自己。他躺在床上心绪难平，一会儿气愤，一会儿懊悔，一会儿又是悲伤，他的脸孔从热到凉，血液忽地涌到头上，又忽地涌到脚底。总之，心里一时半会儿说不清到底是个什么滋味。

他恨不能立刻见到李静，质问她为什么欺骗自己，然后告诉她，从此两人再也不会有什么关系，你走你的阳关道，我走我的独木桥。陈大虎能甩了她，他为什么不能。陈大虎算什么，他梁亮可是师里的才子，不仅人长得标致，还能写会画，以后的前途无可限量，凭自己的条件什么样的女人找不到，何苦去啃人家咬过的烂瓜。在今天的约会中，他吻了李静，虽然她开始有些躲闪、羞怯，可后来就火热地迎合了他。那一刻，他以为自己很幸福，可现在他却觉得自己受到了前所未有的羞辱。李静和陈大虎谈了那么久的恋爱，连袜子都给人家洗，还去人家住了好几天，他们之间还有什么事不能发生，唉，这样的烂瓜怎么能配得上自己？

五

梁亮气冲冲地来到了师医院，他一路上心里只有一个念头，那就是：李静是个烂瓜，烂得不能再烂的破瓜。

梁亮来到师医院的时候，李静正在上班，她惊诧梁亮怎么挑这个时候来，而梁亮却冷着脸冲她说：你出来一下。

李静说：有事儿？

他说：有事儿。

李静看梁亮从来没有这么严肃过，她和别的值班护士交代了几句，就随梁亮出来了。 在这过程中，因为梁亮的脚步过于匆忙，她还拉了他一下道：又不是着火了，看你急的。 梁亮不说话，径直往前走去。

最后，他们在医院外的一棵树下停了脚步，李静有些气喘着问：怎么了，看你急的。

梁亮定定地望着李静单刀直入地问：你和陈大虎谈过恋爱？

李静没料到梁亮会问这个，她不解地说：怎么了？

梁亮没好气地喊：我问你和他谈过没有？

李静白了脸，她预感到他们之间要有什么事情发生了，小声地说：和他有过那么一段，这又怎么了？

梁亮：那你为什么不早说？

李静：他是他，你是你，过去的事都过去了，还提它干什么？

李静说这话时心里有些虚，目光也显得游移不定。

梁亮又提高了一些声音道：你们谈恋爱时都干了些什么，你以为我不知道哇？ 别把我梁亮当傻子耍，没门儿！

梁亮说完，一甩胳膊就走了，留下呆呆愣愣的李静。 梁亮这一去情断义绝，以前两人所有美好的过去，被他这一甩烟消云散。 他来之前已经想好了，他和李静要当断则断，李静是个烂瓜,他怎么能和一个烂货谈恋爱呢。

　　李静站在那里呆怔了足有五分钟,她一时不知自己在哪儿,她不明白今天的梁亮是怎么了。她和陈大虎谈恋爱很多人都知道,她没想隐瞒什么,也没想把谁当傻瓜,这一切是怎么了? 一下午,她都心不在焉,干什么都丢三落四的。科里那部电话,她从来没有这么关注过,她希望有人喊她去接电话,当然那电话一定是梁亮打来的。以前两人约会时,他就是打电话约她的,可今天那电话响了无数次,却没有一个电话是找她的。

　　李静煎熬了自己一个下午,下班后她都没有去吃饭。在宿舍里想了半天,她也没有想清楚,梁亮为什么在这件事情上发这么大的火。那一刻,她还没有意识到,自己和梁亮的缘分已经到此结束。她一直认为,这次只是他们之间的一个小误会,过去了也就过去了。

　　晚上,她主动来到梁亮的宿舍,梁亮的日子似乎也不好过,他正把自己关在房间里吸烟,满屋子乌烟瘴气的。李静推门进去时,梁亮似乎已经冷静下来。李静进来时,他看也没有看她一眼,一心一意地吸着手中的烟。

　　李静就那么静静地坐在他的床沿上,望着他的半张脸。以前两人在宿舍里聊天时,大都是这种姿势。李静一时没有说话,梁亮自然也没有说话。

　　李静沉默了一会儿,她心里忽然就多了几分柔情,在这一点上,女人比男人恋旧。她把手放在梁亮搁在桌子上的手臂上,柔声道:还生气呢,你听我给你解释嘛。

　　梁亮把手臂抽出来,挥挥手道:不用解释了,咱们的关系到此结束了。

李静慢慢地站了起来,她的脸红一阵白一阵的,所有的困难她在来之前都想过了,但她从没想到梁亮会和她分手。她的脑子一时没有转过弯来,就那么怔怔地望着他。

梁亮把身子靠在椅背上,眼睛望着前方说:我不能和一个烂瓜谈恋爱。

李静一时间有了泪水,她语无伦次地说:你、你说我是烂瓜?

梁亮闭上眼睛道:谁是谁知道,我梁亮不缺胳膊不少腿的,凭什么让我和一个烂瓜谈恋爱。

瞬间,李静什么都明白了,她认真地看了梁亮一眼,又看了一眼,然后抹一把脸上的泪水,一字一顿地说:梁亮,你是不是说咱们就此一刀两断了?

梁亮有气无力地说:对——

李静猛地转身,头也不回地跑了,她的脚步声很快就消失了。梁亮宿舍的门没有关,就那么敞开着。

朱大菊拿着值班日记走进来,她已经来了有一会儿了,刚开始看见李静走了进来,她就没有进来。

朱大菊把值班日记放在梁亮的面前,大咧咧地说:下周该你值班了。

梁亮看也没看地说:放那儿吧。

朱大菊似乎并没有要走的意思,她背着手这儿看看,那儿瞧瞧,似乎看出了一些事情的苗头,声音透着兴奋地道:咋的,你和李静吹了?

梁亮没有说话,他又点了支烟。

朱大菊又说：李静出去的时候，我看见她哭了，你也不送一送？

梁亮说：她哭不哭跟我有什么关系？

朱大菊的判断得到了验证，这下她真的有些兴奋了，背着手一遍遍地在屋子里转来转去，她一边转一边说：说的是嘛，小梁子，你这么优秀，凭什么找她，她哪儿好了，就是脸蛋漂亮点，有啥用？ 好看的脸蛋又不能长出高粱来，你说是不是？

梁亮苦笑了一下，不置可否的样子。

朱大菊意犹未尽地说：再说了，她和陈大虎谈了那么长时间的恋爱，他们都到了啥程度，谁能说得清。 怎么着，你小梁子也不能找个二手货，是不是？

梁亮心里一下子又乱了起来，他可以说李静是烂瓜，但别人这么说李静，他心里还是不舒服。 他突然回过头，冲朱大菊说：朱排长，你别在我这屋转了，转得人头晕，我要休息了。

朱大菊忙说：好好，小梁子你休息吧，明天你要是起不来床，我替你带队出操。

梁亮不耐烦地冲朱大菊挥了挥手，朱大菊一走，他一头就躺在了床上。 可却一点也没有睡意，他睁眼闭眼的，都是和李静来往这几个月的细节——李静的笑容和他们说过的悄悄话，还有甜蜜的热吻，这一切都在他的眼前挥之不去。 但他意识到，这一切都将成为过去，不复存在。 他和李静情断义绝后，并没有获得轻松，反而在痛苦不堪中一遍遍地煎熬着自己，他又陷入到了新的一轮痛苦之中。 他不能忍受李静的不"干净"，但又割舍不下和李静曾经拥有过的美好。 他是爱她的，就这么一刀两断了，他心里也不是好受的。

这一晚，对李静来说也是一个不眠之夜，她蒙着被子流泪痛哭。 她谈过的两次恋爱都以失败告终，而且都是人家把她甩了，这时她想起了一句老话：自古红颜多薄命。 她相信这句话是真理，此时，在她身上明白无误地得到了印证。 两次恋爱，她都是全力以赴的投入。 和陈大虎在一起时，她初次体会到了爱情的快乐，虽然陈大虎身上的优点不多，但她喜欢陈大虎身上的那股男人劲儿，什么问题在他眼里都是小事一桩。 陈大虎和她之间的关系，也是勇猛无比，她喜欢他那种狂风暴雨似的表达方式。 后来陈大虎退出了，是因为马莉莎那个女人，她曾见过马莉莎，人的确漂亮，她为陈大亮的退出找到了理由。 她伤心、痛苦过，但很快就心如止水了。 再后来，她遇到了梁亮，梁亮和陈大虎相比，简直是另外一道风景，不仅人帅，重要的是他身上有着那么多的优点，医院里那些小姐妹都羡慕她，说他们是郎才女貌，天生的一对。 正在她沉浸在幸福甜蜜中，晴空一声炸雷，她和梁亮就此了断了。 这给她的身心造成了无与伦比的打击。 从小到大，她还没有受到过这样的重创，他的自尊心一时间灰飞烟灭。 和陈大虎的分手，她用三个月的时间才走出了困境，因为那是她的初恋；而这次和梁亮的分手，更让她无法接受，也无法面对。

　　李静在那一晚，理智的底线已经走到了边缘，她没有退路了，经过一夜的斗争，李静已经看不到一点希望了。 于是在黎明时分，她推开了宿舍的窗子，奋力往下一跃，她从三楼摔了下去。

　　李静并没有结束自己的生命，二楼的晾衣绳在她下落的过程中挂了她一下。 楼下的花坛里正争奇斗艳地开满鲜花，李静在繁花丛中发出一声惨叫。事后经检查,她的左手骨折了。

事发的第二天,省军区的政委、李静的父亲用一辆上海牌轿车把她接走了。李静走了,就再也没有回来,她的调动手续是一个月后办走的,她调到了军区总医院,从此,关于李静的消息就中断了。

六

梁亮没有料到事情会以这样一种结局收场,他不想给任何人造成伤害,他提出和李静分手,因为他觉得李静欺骗了他,他受到了一种无法言说的伤害。他是个追求完美的人,不允许自己所爱的人有丝毫的污点。况且,李静和陈大虎的恋爱,又是一件谁也说不清楚的"污点"。这种污点,自从他得知李静和陈大虎有过那么一段恋爱后,他的心理和生理都发生了明显的变化。他的脑海里一次次臆想着李静和陈大虎在一起的画面,这种想象缘于自己和李静在一起的感受。以前,他心里的李静是他的,她是完整的,纯洁的,而现在的李静已经不纯洁,更谈不上完美了。他无法忍受已经被人玷污的李静。

这一系列生理和心理上的变化,导致了他痛下决心,快刀斩乱麻地结束和李静的恋爱关系。他以为,这件事情过去了就过去了,正如当初陈大虎甩了李静一样,风平浪静,水波不兴。没想到,李静竟会用跳楼的方式来结束自己的生命。当时他着实被李静的这种自戕做法震惊了,虽然后来没人找他的麻烦,但他的心里还是受到了空前的震撼。

那些日子,他不知自己是怎么过来的,他一次次地设想,如果自己不和李静分手，李静会选择自杀吗？ 肯定不会，但李静这样的污点他能忍受得了吗？ 答案是否定的。 随着李静的调走，他的心理也渐渐地恢复了正常。

直到这时他才发现，朱大菊此时已经频繁地出现在他的生活中。 他和朱大菊是一个连队的两个排长，他们平时在工作上总是低头不见抬头见的，他们男兵宿舍在一层，女兵宿舍在二层，大家又都在一个食堂吃饭，就是两人不想见面都困难。

在梁亮刚刚失恋时，情绪最低落的那一阵子，朱大菊表现出了对梁亮无微不致的照顾。 梁亮的值班被朱大菊代劳了，梁亮经常不去食堂吃饭，朱大菊每次都关照炊事兵给梁排长做病号饭。 其实病号饭也没什么特殊的，无非就是下一碗挂面，打两个鸡蛋，在汤里多放些油和葱花什么的。 每次都是朱大菊亲自把病号饭端到梁亮的床前，然后坐在那里嘘寒问暖。

她说：小梁子，快趁热吃吧，人是铁，饭是钢，天大的事也要吃饭，不吃饭咋行？

她又说：梁子，失个恋算啥，那个李静跳楼又不是你推的。 男子汉大丈夫，说出的话泼出去的水，没有往回收的。

她还说：梁子，你是不是后悔了？ 可千万别这样，好姑娘多的是，凭你的条件还怕找不到好姑娘？

……

情绪低落中的梁亮把朱大菊的话当成了耳旁风，并没往心里去。 那会儿，他正在一遍遍地回忆着自己和李静热恋中的每一个细节。 不是为了怀念，而是为了遗忘。 他想到自己和李静这些细节时，自然而然地就会幻想出李静和陈大虎的种种情形，越这么想，他心里越是难受。

渐渐的，在创伤慢慢平复下来后，他才开始留心起朱大菊来。警通排负责师部的门山脚，还有弹药库的岗哨，包括晚上师部大院的流动岗，作为警卫排长，他每天晚上都有查哨的任务。这段时间，梁亮每次出去查岗，都能看到朱大菊的身影。她提着手电，从这个哨位走到那个哨位，不辞辛劳的样子。当她发现梁亮后便说：梁子，你回去歇着吧，这里有我呢。

这让梁亮心里很过意不去，他是警卫排长，这是他的职责，自己的工作让别人干了，他心里愧疚得很。朱大菊见梁亮执意不走，她也不走，在一旁陪着他，一边走还一边劝道：梁子，我知道你这些日子心里不得劲儿，你就多歇歇，我替你查岗就行了。

梁亮说：朱排长，你有你的工作，我的工作让你干了，我怎么忍心。

朱大菊轻描淡写地说：梁子，我和你不一样，我们农村人劳苦惯了，这点事算啥。

两人就并着肩往前走，查了一遍岗后就往宿舍走去。走到一楼梁亮的宿舍时，朱大菊就停在他的门口，这时已是夜深人静了。梁亮查岗前已经睡过一觉了，被子已经铺过，他进宿舍时并没有开灯。朱大菊就打着手电为梁亮照亮，梁亮感觉不太自然，便说：朱排长，你也回去休息吧。

朱大菊并没有理会梁亮的不自然，嘴里还说：你睡吧，等你躺下我再回去。

梁亮就躺下了，朱大菊这才熄灭手电，蹑手蹑脚地离去。当梁亮迷糊着睡去时他发现一束手电光照了进来，还有人轻手轻脚地给他掖被子，待那人转身离去时，他才发现是朱大菊。

清醒过来的梁亮，心里就有了股说不清的滋味。他朦胧地意识到，最近的朱大菊有些反常，究竟哪里反常，他一时又说不清楚。

其实朱大菊早就开始暗恋梁亮了，自从梁亮来到警通连那天开始，她就对梁亮充满了好感。她最先看中的是梁亮一表人材的外表，他们老区要想见到这样的小伙子，打着灯笼都难找，就是在部队，这样的小伙也并不多见。少女时期的朱大菊对梁亮就动了心思，那时的情感对她来说还很朦胧，也有些说不清，当然也很遥远，因为部队条例中明文规定，战士不能在驻军当地谈恋爱。后来，两个人双双提干，又都在一个连队里当排长，朱大菊觉得自己的暗恋有了一个目标。在平日里的工作生活中，她暗暗地关心着梁亮。她们女兵通讯排，在朱大菊的倡导下，经常帮男兵们洗衣服，养母的拥军本色在部队里又被她发扬光大了。在女兵们抢男兵的衣服去洗时，梁亮的衣服差不多被她一个人承包了。每次，她都把他的衣服叠得见棱见角地送回来。

那时，梁亮并没有意识到朱大菊对自己的这种特殊情感，他总是说：连里的好人好事都让你们女兵做了，我们男兵可就没地位了。

朱大菊就笑笑说：你们男兵辛苦，风吹日晒的，我们女兵做这些是应该的。

在梁亮的理解中，他们是一个连队的，相互取长补短地做些好事也都是应该的。有时通讯排外出查线路，他也会让自己排的战士去帮忙，总之，在警通连里，男兵和女兵的关系很融洽。

就在朱大菊以含蓄的方式表达自己对梁亮的爱慕时，她突然听说梁亮和李静谈起了恋爱。那些日子里，对朱大菊来说灰暗无比。她没想到自己离梁亮这么近，却被李静抢了先。当李静出现在警通连时，这是朱大菊第一次近距离观察李静，她也被李静的美丽打动了，同样的是女人，看人家李静生得要身材有身材，要脸蛋有脸蛋；再看自己，又黑又瘦。她从那时起也学会了照镜子，学会了往脸上涂抹擦脸油，她希望自己一夜之间能变得和李静一样的漂亮。在梁亮和李静恋爱的时间里，她自己都不知是怎么挺过来的，她尝到了失眠的滋味，有几次她甚至蒙着被子哭过。她的心里难受极了，是一种被人抛弃的滋味，眼见着自己没有希望了，她的眼里整日整夜都是梁亮和李静成双入对的身影。就在她近乎绝望时，梁亮突然又和李静分手了，这是她没有预料到的，正如她当初没料到梁亮和李静会恋爱一样。机会又重新出现在她的面前，她不想失去这样的机会，她要全力以赴向梁亮表白自己的爱意。

七

朱大菊不想失去梁亮了，朱大菊不是那种拐弯抹角的人，她要直来直去，明白无误地表达出自己喜欢梁亮。

她表达的方式纯朴而又厚道。星期天早上的时候，梁亮还没有起床，自从和李静分手后，他的情绪一直很低落，干什么事情都是无精打采的。虽然，是他主动提出和李静分手的，结果真分手了，他又无所适从，不知如何是好。朱大菊象征性地敲了敲门，便进来了。梁亮已经醒了，他正瞅着天棚发呆，他现在已经学会了发呆。朱大菊突然破门而入已经不是第一次了,他看着朱大菊,朱大菊就张着两手说:今天天好,我把你的被子拆了吧。

梁亮说:朱排长,过几天我自己拆吧。

朱大菊不想听梁亮解释什么,她掀开梁亮的被子,卷巴卷巴就抱走了。梁亮晾在床上,他下意识地蜷起身子,朱大菊却已经头也不回地走了。没多一会儿,他的被子已经旗帜似的悬挂在院子里的空地上。梁亮站在门口,望着自己已被拆洗过的被子就那么堂而皇之地晾在那儿,他似乎想了许多,又似乎什么也没想,只是呆怔地望着自己的被子。

朱大菊像一个麦田守望者一样,精心地望着梁亮的被子,一会儿抻一抻,掸一掸,似乎晾在那里的不是一件被套,而是一件价值连城的工艺品。心情麻木的梁亮恍然明白了朱大菊的"司马昭之心",想起朱大菊他竟有了一点点感动。他和朱大菊的关系似乎一直有些说不清道不明,他刚到警通连时,朱大菊已经当了一年兵,虽然两人同岁,但朱大菊处处摆出一副老兵的样子,有几次夜晚他站在哨位上,朱大菊那时还是话务兵,她们每天夜里也要交接班,下班后她总是绕几步来到哨位上,看见他便走过来,捏捏他的衣角道:梁子,冷不冷哇?

有一天夜里刮风,她就拿出自己的大衣,死活让他穿上,当时才入秋,还没有到穿大衣的时候。他就轻描淡写地说:朱老兵,谢谢你了。朱大菊挥挥手,没事人似的走了。

对于朱大菊,他真的没往深处想,他一到警通连便知道朱大菊是拥军模范的养女,她所做的一切,都被他和拥军联系在了一起。他穿着朱大菊温暖的大衣,心想:朱大菊这是拥军呢。

现在的一切,梁亮知道朱大菊已经不仅仅是拥军了。关于和朱大菊的关系,如同一团雾一样,让他看不清也摸不着,直想得让他头痛,他干脆也不再去想了。

晚上,他盖着朱大菊为他拆洗过的被子,那上面还留着洗衣粉的清香和太阳的温暖,很舒服。冷静下来的梁亮真的要把他和李静以及朱大菊的关系想一想了。李静当然要比朱大菊漂亮,漂亮不止一倍,重要的是李静身上那股招人喜欢的劲儿,朱大菊身上是没有的。那股劲儿是什么呢,想了好半天,他只能用"女人味"来形容了。他和李静在一起,时时刻刻能感受到李静是个温柔的女人,而朱大菊呢是他的战友,他们是同事,有的只是一种友爱。他想起朱大菊有的不是冲动,而是冷静。他正胡思乱想的时候,突然门就开了,朱大菊出现在他的面前。她显然是梳洗过了,身上还散发着淡淡的雪花膏的气味。朱大菊以一个查夜者的身份来到梁亮的床前,她为他掖了掖被角,当她伏下身的时候,看见梁亮正睁着一双眼睛望着她,她伸出去的手就停住了。

她问:被子还暖和吧?

他望着她,半晌才答:你以后就别查我的夜了,让干部战士看见不好。

朱大菊见他这么说,就一屁股坐在桌前的椅子上。她想敞开天窗说亮话了,她道:梁子,除了女兵宿舍,我可没查你的男兵宿舍,我是专门来看你的。

梁亮坐起来,披了件衣服,他点了支烟道:查我干什么?我一个大活人还能跑了不成?

朱大菊把椅子往床旁挪了挪，说：梁子，你是真不明白呀，还是装糊涂。

梁亮望着她，她也望着梁亮。

她索性一不做二不休了，又道：梁子，我朱大菊心里有你，这你没看出来？李静有啥好的，我也是个女人，比她少啥了？

梁亮把手电拧开，把外面的灯罩取掉，光线就那么散漫地照着两个人。他没有开灯，部队有纪律，熄灯号一吹就一律关灯了。

梁亮口干舌燥地说：这种事，是两个人的事，一个人怎么能行呢？

他这话的意思是朱大菊喜欢他还不够，得让他也喜欢她才行。

朱大菊误解了，她马上道：咱们就是两个人，你和李静行，咱们也能行。

梁亮怔在那里，他没想到朱大菊这么大胆，这么火热，简直要让他窒息了。

朱大菊激动地站起来，说：梁子，我可是干净的，没和谁谈过恋爱，我的手还没让男人摸过呢，当然握手不算。梁子，我知道你就想找一个囫囵个儿的，李静和陈大虎谈过恋爱，她不干净了，你才不要她，我可是干净的，你就不喜欢我？

朱大菊的这番表白，着实让梁亮惊呆了，他坐在那里，望着光影里的朱大菊，此时的朱大菊神情激动，面孔红润，眼里还汪了一层泪水。那一刻，他真的有些感动，一个女人、一个干净的女人，如此真情地向一个男人表白自己的情感，对方就是块石头也被捂热了，何况梁亮是个有血有肉的人，他那颗失恋的心需要慰藉和关爱。梁亮哆嗦了一下，他觉得自己被朱大菊热烈的情感击中了。他呻吟着说：朱大菊同志，我理解你的情感，这事你让我再考虑考虑。

朱大菊一拍手道：这么说你同意咱们在一起了？

梁亮低下头有气无力地呢喃着：让我再想一想。

朱大菊什么也不想说了，她走上前来，像对待孩子似的扶着梁亮躺下，又把他的被角掖了，轻松地说：梁子，你明天只管多睡会儿，我带队出操。

说完转过身子，异常温柔地走出去，又轻轻地为他关上房门。

那一夜，梁亮几乎一夜没合眼，他眼前晃动的都是朱大菊的身影，朱大菊已经无声无息地走进他的生活，他想赶都赶不走。

这事很快就在连队中传开了，干部战士们望着他俩的眼神就不一样起来，冷不丁的会突然有人喊：梁排长、朱排长——那意味是深远的，所有听到的人都会发出会心的微笑。朱大菊听到了脸就有些红，然后笑意慢慢在脸上漾开。刚开始，梁亮并不觉得舒服。

直到有一天，指导员在办公室里对梁亮说：梁排长，我看你和朱大菊真是合适的一对，她那么能干，你小子就等着享福吧。

说完还在他肩上拍了一巴掌。梁亮想和指导员解释几句，想说那都是没影的事儿，指导员却又说了：不错，你们两个排长要是能结合在一起，咱们连队那还有啥说的。

连队所有的人都把这件事当真了，梁亮开始觉得有口难辩了，他只能摇摇头，苦笑了一下。

不久，他和朱大菊恋爱的消息像风似的在师机关传开了，许多机关干部一见了他就问：梁排长，什么时候请我们喝你们的喜酒呀？

他忙说：哪儿有的事。

人家就说：你还不承认，朱大菊早就招了，你还不如女同志勇敢呢，真是的。

他听了这话怔在那里，他没想到朱大菊会这么大胆。

一天，师长一个电话把他叫到师长办公室。当兵这么多年，他还是第一次来到师长办公室。师长很热情，也很高兴的样子，让他坐，又给他递了支烟，然后笑着说：大菊把你们的事都向我汇报了，我看挺好。她是老区的后代，对部队有感情，她自己不说哇，我还想帮她张罗呢。看来大菊的眼光不错，看上了你。大菊这孩子挺好，也能干，不愧是咱们老区的后代。

范师长一直称朱大菊为孩子，师里盛传着范师长已经收朱大菊做了干女儿。有关范师长和朱大菊养母的关系，全师的人也都是清楚的，那是救命之恩，非同一般。范师长这么对朱大菊关爱有加，也是理所当然。

范师长又说：你们俩什么时候成亲啊？到时候我给你们做证婚人，没什么问题就早点办吧。我们当年打仗那会儿，部队休整三天，就有好几对结婚的，你们要发扬传统，拿出作战部队的速度来。

范师长已经板上钉钉了，他还能说什么呢，他不得不认真考虑和朱大菊的关系了。

八

梁亮在人前人后的议论声中选择了沉默，他无法辩解，也说不清自己和朱大菊之间的关系。此时，朱大菊这个人在他心里还很模糊，他说不清自己是否喜欢她。

朱大菊这些日子一直处于幸福之中，她脸色红润，走起路来虎虎生风，见人也多了笑脸。她在爱情的滋润下，人一下子竟妩媚了许多。大庭广众之下，她也不避讳别人看她和梁亮的眼神，她望着梁亮的目光也多了许多内容。只要梁亮一出现在她的视线里，她的眼睛便开始水汪汪的，和梁亮走在一起时，会时不时地抻抻他的衣角，掸掸他的衣领什么的。梁亮在众人面前无法接受她的这种照顾，就小声说：不用，这样不好。朱大菊则大声道：怕啥，我喜欢你帅气的样子，这样多好。

朱大菊这种无微不至地对待梁亮，梁亮不可能无动于衷，他开始想朱大菊的种种好处了。这么一想之后，他有些开始喜欢上她了。她除了长得不如李静那么娇媚，剩下的一点也不比李静差，起码她比李静能干，重要的是朱大菊是完美的，朱大菊是初恋。这么想过之后，他的心里竟涌动出许多甜美来。

朱大菊每天晚上查完女兵宿舍，都忍不住走进梁亮的宿舍，给他掖掖被角，或者站在他的床前，凝视着她的心上人。自从两人的关系公开后，她再出入梁亮的宿舍似乎理直气壮、顺理成章起来。

这一天，她毫不例外地又一次走进了梁亮的宿舍，梁亮刚查完夜班岗回来,他还没有睡着,朱大菊打着手电就进来了。进门时,她把手电熄灭了,轻车熟路地来到梁亮的床前,她又习惯地伸出手去为他掖被角,做这些时她的心里洋溢着强烈的母爱,似乎她在对待一个幼儿。 就在这时,梁亮攥住了她的手,她的嗓子里"哦"了一声,身体就顺势扑在了梁亮的怀里。 她抱住梁亮,嘴里含混不清地说着:梁子,我喜欢你,真的喜欢你。

梁亮一时也无法克制自己的冲动,用胳膊死死地搂住她,后面的事情便可想而知了。 当两人冷静下来,朱大菊翻身下地穿好衣服后,她第一件事就是把床上的单子扯了下来,然后打开手电,用光影照着上面的痕迹说:梁子,你看好了,我可是完整的。 此时的朱大菊在梁亮看来,她的脸和床单上的某个地方的颜色一样鲜红。

再接下来的一切都发展得很快,两人很快到当地政府领了结婚证。 养母从老区也风尘仆仆地来了,六十多岁的养母身体很好,人也收拾得干净利索。 她不是空手来的,而是带来了许多拥军用品,比如鞋垫、大红枣什么的。 老人家把自己纳的一双双鞋垫分送给人民子弟兵,当然也有范师长和梁亮、朱大菊的。 梁亮接过鞋垫时差点感动得流出了眼泪。 自从他和朱大菊好上后,他从朱大菊嘴里知道不少养母的事迹,以及拉扯朱大菊的种种不易。 在没有见到朱大菊的养母时,他已经感受到了养母的情和义了。

婚礼的场面完全是一场革命化的婚礼,师部礼堂被张灯结彩地布置过了。 这是个星期天,师机关的干部战士大都参加了梁亮和朱大菊的婚礼。 婚礼果然是范师长主持的,他从解放战争说到了部队建设,然后又说到了眼前的这对新人。 最后他把拥军模范请到台上,这时全场达到了高潮,所有人都在为拥军模范鼓掌,感谢她对部队的支持,同时也感谢她为部队培养出了朱大菊这样的优秀女儿。 在一对新人郑重地向毛主席像敬礼,又给师长敬过礼后,他们把军礼又献给了拥军模范。 此时新人的眼里已经有了点点的泪花,养母拉着两个孩子的手说:孩子,今天你们结婚了,明天要为部队再立新功。

婚礼后新人进入洞房,拥军大妈也被范师长接回家中重叙旧情。

梁亮和朱大菊婚后已经不住在警通连的宿舍了,他们住进了家属区的一排平房里,许多临时来队的家属都住在这里。 婚后不久,因工作的需要,梁亮被调到师政治部宣传科,当了宣传干事。 当排长对梁亮来说是大材小用了,他写写画画的专长到了宣传科后,才真正派上了用场。

婚后不久,师机关的参谋陈大虎找到了梁亮,两人在陈大虎的宿舍里喝了一次酒。 陈大虎也已经结婚了,对象就是军区文工团的歌唱演员马莉莎。 每个周末,陈大虎都要回军区和新婚妻子团聚。 两人的相聚是陈大虎主动提出来的,他拉着梁亮来到了宿舍。 这时梁亮第一次和陈大虎这么近距离地面对面说话。 陈大虎用水杯为两人倒上酒,两人沉闷地喝了几口酒后,陈大虎才说:梁干事,新婚有什么感受?

梁亮就笑一笑,婚后的朱大菊比婚前对他更温柔,他正沉浸在新婚的幸福中,见陈大虎这么说,他就幸福地咧咧嘴。

陈大虎小声说:梁干事,你应该和李静结婚,她是个好姑娘。

梁亮有些错愕地望着陈大虎。

陈大虎不管梁亮的诧异，只管说道：我和李静谈过一段，许多人都知道，后来我和她吹了，她没啥，可你和她吹了，她就跳楼了，她受不了了，这足以证明，她更爱你。

陈大虎抬起头，红着眼睛说：你明白吗？

这一点在这之前，梁亮还真没仔细想过，此时陈大虎这么一说，他的头一下子就大了，酒劲儿似乎一下子就上了头。

陈大虎小声说：你甩了李静，却娶了朱大菊，你会后悔的。

梁亮放下杯子，怔怔地望着陈大虎。

陈大虎说：我知道你为什么和李静吹了，还不是因为我和李静谈过那么一阵子吗？告诉你，我和李静什么都没有，那都是别人胡说八道，我们是干净的。

梁亮又一次惊呆了，他不明白陈大虎为什么要对自己说这些。莫名的，他就有了火气，他也说不清这火气从何而来，他用手指着陈大虎说：陈参谋，你没有必要对我说这些，你认为李静那么好，你为什么不娶她？

陈大虎不慌不忙地又喝了口酒才道：我和马莉莎一结婚，我才发现自己错了。你现在和朱大菊结婚，你就没发现错了吗？

梁亮热血撞头，他不知如何回答陈大虎，在这之前他真的没有想过。

陈大虎似乎有些喝多了，他大着舌头说：李静是个好姑娘，咱们俩都他妈瞎了眼了。说完就大笑起来。

梁亮摇摇晃晃地站起来，他一把抓住陈大虎的脖领子道：

那你这些为啥不早说？

陈大虎仍笑着说：怎么，你也后悔了？ 你以为师长给你们主持婚礼就了不起了，你也后悔了吧？

梁亮突然出拳打陈大虎，陈大虎挣扎着和他撕扯起来，过了一会儿两人住了手，他们坐在地上醉眼蒙眬地盯视着对方。

陈大虎用手抹抹嘴角的血道：姓梁的，你狗咬吕洞宾——不识好人心。 要是李静能为我跳楼，我他妈的保准不离开她。

梁亮站了起来，他拉开门，摇晃着走了出去。 在漆黑的走廊上，他哭了。

下 篇

九

在朱大菊和梁亮婚后的几年时间里，朱大菊已经是警通连的指导员了，梁亮仍在宣传科当干事，职务由原来的排级变成了正连。他们一晃在部队也工作十几个年头了。生活让他们对一切都不再新鲜，包括他们的婚姻。母性十足的朱大菊，照旧关心着梁亮的生活起居，每天晚上，梁亮都要回家写稿子，朱大菊不时地披衣起来为梁亮端茶倒水。在梁亮伏案忙碌的时候，朱大菊就披着衣服，背着手在他的身前身后踱步，很是指导员的样子。梁亮就受了干扰，他回过头没好气地说：你能不能消停会儿，你这样我都没法集中精力。

朱大菊便蹑手蹑脚地回到了床前，慢慢躺下，可她又睡不着，过一会儿又悄悄地起来，坐在那里，很小心地往梁亮那边望。在梁亮抬头点烟的空当，她不时失机地小声说：梁子，要不我给你做碗面去，都半夜了，我怕你饿了。

梁亮心不在焉地挥挥手说：随便。

朱大菊如同得到了命令，麻利地从床上下来，走到厨房，又小心地把门关上。不一会儿，一碗热腾腾的汤面就端到了梁亮的案头。梁亮一看到那碗冒着热气的面就写不下去了，他狼吞虎咽地把那碗面吃了。

在平时，朱大菊似乎有许多话要对他说，只要一进家门，看见梁亮她就有说话的欲望，从连队战士的入党到连队战士的复员。她在连队是指导员，要不停地给战士们做思想教育工作，回到家里，她仍然是指导员的工作状态。梁亮对连队那些鸡零狗碎的事热情不起来，但他也不好打击朱大菊的热情，仍由她喋喋不休地说着。猛不丁的，他就会想起李静，如果他和李静结婚了，会像朱大菊这样吗？如果不是这样，又会是怎么呢？

在婚后的几年时间里，他不时地想起李静，当然都是在他思维真空的时候，他一想起李静，心里就多了份内容，也多了番滋味。他说不清这到底是一种什么滋味，心里空空的，无着无落的样子。

梁亮潜意识里，他非常关注李静的消息，可他自从得知李静离开师医院，就再也没有听到她的消息。他只知道，李静调到军区总医院去工作了。在这期间，宣传科的刘干事因阑尾炎去军区医院手术了一次，住了十几天医院，刘干事出院后，他去看望刘干事时多希望能从刘干事的嘴里打听到李静的消息，可刘干事只字未提。他就没话找话地说：你在那儿住院就没见到什么熟人？

刘干事不解地摇摇头，然后醒悟似的说：你是说李静吧，我没见过，总院太大了，全院的人有上千呢，我住的是内科。

他就有些失望地疲疲塌塌地往回走。

这阵子，朱大菊一直在他耳边说孩子的事，结婚几年了，他们一直没要孩子，是他不想要，怕有了孩子拖累自己的工作。自从结婚后，朱大菊就希望生个孩子，可他一直没能让她得逞。最近一阵，朱大菊的中心话题一直在说孩子，她说的时候很策略，总是先从别人的孩子说起。朱大菊真是喜欢孩子的女人，她一见别人的孩子就走不动路了，眼神都是直的。为了接触别人的孩子，她舍得给人家小孩买礼物，然后就用这样那样的借口把礼物送过去，借机和那小孩玩上一会儿，那时的她是幸福的。

朱大菊对孩子的问题有些迫不及待了，她开始和梁亮直截了当地探讨。

她说：梁子，你为啥不想要孩子？

梁亮对这个问题已经回答一百遍了，他已经懒得回答了，就那么疲疲塌塌地望着她。

她又说：我知道你为啥不敢要孩子，怕以后咱们离婚，孩子拖累你，是不是？

梁亮就把眼睛睁大了一些，他对朱大菊已经没了激情，但离婚他还真的没想过，况且孩子和离婚有什么关系呢？

朱大菊乘胜追击，她又说：梁子，你别占着茅坑不拉屎，你放心好了，生了孩子我不耽误你啥事，你跟现在一样，想干什么就干什么，行不？

梁亮道：你真的就那么喜欢孩子？

朱大菊说：只要让我有孩子，干什么都随你。

梁亮就不好说什么了，然后和朱大菊齐心协力地生孩子。

终于，朱大菊怀孕了。当她挺着腰身走路时，部队裁员的消息传到了师里，在没有确切消息时，什么样的消息都有。有的说，这个师保不住了，要取消编制；有的说这个师要减编一半，和别的师合并。种种传言像草一样疯长着。

朱大菊原本在一心一意地呵护着肚子里日渐长大的孩子，这样的消息对她来说并没让她意识到问题的严重性，按她的话说：哪儿的黄土不埋人，转业也好，留在部队也好，都不会耽误她生孩子。

梁亮却很急，他知道这时候部队裁军对朱大菊是不利的，要是离开部队就得换一个新环境，部队转业干部的工作本来就很难找，朱大菊拖着个刚出生的孩子，哪个单位愿意接收啊。他把自己的担忧说出来了，朱大菊也意识到了问题的严重性，但当她看到梁亮愁眉不展的样子，马上又说：你不用担心，大不了我不转业，还留在部队，就是咱们师没有了，部队不会没有吧，我要给范师长写信，让他帮帮我。

当年的范师长已经调到军区当部长去了，朱大菊说到做到，她热情洋溢地给范部长写了封信，但范部长一直没有回信。就在孩子出生两个月后，部队减编的命令终于下来了，这个师只保留了一个团，和其他单位合并。朱大菊因为情况特殊，她留在了部队，梁亮和大多数人一起被宣布转业了。

渡过难关的朱大菊这时才长吁口气道：我说的没错吧，这就是命，啥人有啥命，范部长不会不管我。

接下来，整个部队就大变样了，留下的皆大欢喜，转业的那些干部开始为自己的再就业东奔西走，梁亮也加入到了寻找工作的行列。他们这个师是军区直属单位，大部分转业干部都回了原籍工作，因为朱大菊没有转业，梁亮可以在本地找工作。

因为赶上裁军，转业的人很多，各接收单位为了能更好地和转业干部沟通，省里有关部门专门搞了一次部队转业人员的招聘会。所有有任务接收转业干部的单位都在招聘会上设了展台。梁亮一直认为自己还年轻，又有能写会画的特长，总觉得自己有着极强的竞争力。当他走赶到招聘会上时，看到黑压压一片转业干部吵吵嚷嚷奔波于各用人单位的展台前，他的自信顿时一落千丈。他把手里准备好的十几份个人材料，无声无息地放到了招人单位的桌子上，头也没抬一下，很快就离开了招聘会场。

那一阵子，梁亮的情绪灰暗到了极点。现在师里只是一个留守处了，朱大菊和他仍住在原来的房子里，从这里到省城还有几十公里的路呢，来往一趟很不方便，他只能等消息了。那段时间，梁亮真的有些走投无路的感觉。朱大菊一副饱汉不知饿汉饥的样子，她宽慰着梁亮道：别急，急啥啊。找不到工作有我呢，我能养活你和孩子。

一提起孩子，梁亮就气不打一处来，这孩子早不来晚不来，偏偏这时候来，这不是雪上加霜吗？朱大菊生完孩子后，让养母从老区赶了过来，养母虽然七十多岁了，但身体还硬朗，帮助带孩子绰绰有余。养母一来，梁亮彻底放松了，他整日在提心吊胆的等待中过着日子。

突然有一天，他接到了一个用人单位的来函，通知他于某日去用人单位面试。迷茫中的梁亮似乎又看到了希望。

十

梁亮做梦也没有想到,接收单位负责和他谈话的人不是别人,正是李静。那一刻,梁亮以为自己是在做梦。

李静似乎早有心理准备,她的样子镇定而从容,她就那么平静地面对着梁亮,他不明白李静怎么会坐在这里。最后还是李静先开了口,她手里翻着他的个人资料,说:你也转业了?

他不看她,望着桌角说:是。

她似乎轻轻叹了口气,然后就又翻那几页纸,她不看他,继续问:你希望到我们单位工作?

他没有说话,目光就盯着她手里属于自己的那几页纸。

她站起来,一边收拾桌上的东西,一边说:如果你想来,过几天就来办手续吧。

李静说完,看也没看他一眼,便走进了里面那间办公室,把他一个人扔在了那里。事后,他才有思维的时间来品味李静。李静还是那么年轻,她胖了一些,不穿军装的李静更加动人了,当年她悲痛欲绝跳楼时的样子已经不存在了,她又是一个丰满美丽的女人。事后他才知道,当初李静调到军区总医院没多久就转业了,她现在是这家单位的人事科长。

其实,这么多年他一直没有忘记李静,刚开始的时候,他一厢情愿地认为李静欺骗了他,自从那次和陈大虎打了一架后,他便开始有一种懊悔感,这种感觉很复杂,不仅仅是对李静,还有对自己的那份责难。他和朱大菊结婚之后,并没有体会到朱大菊带给他的那份幸福和快乐。朱大菊在婚前的确是完整的,这也是他追求和希望的,当朱大菊成为他生活中的一部分时,他并没有珍惜这份生活,他想高兴,可是又高兴不起来。朱大菊的确处处关心、体谅他,但他并不幸福。这种不快并不是因为有李静的存在,如果没有李静,他和朱大菊也并不快乐。在他的意识深处,他一天也没有忘记李静,不知什么时候,他的脑海里就会闪现出曾和李静相处时的片断,这些片断让他留恋和怀念。这是无法言说的,像一张张底片,在他心底里越来越清晰。

他到新单位报到后,被分到了机关的工会,他仍发挥他在部队时的特长,写写画画,还负责机关的福利和一些业余活动,干这种工作是他的专长。机关工会和人事科在一层楼上办公,他经常可以看到李静的身影,那个身影还像当年那么美丽。当他得知李静还没结婚时他的心里就"咚"地响了一声,对他来说是一种巨大的震撼。从那一刻开始,他留意起李静的一举一动来,也就是说,此刻的李静又深深地吸引了他。

他到机关工作后就住在了机关提供的宿舍里,在地下一层,只有周末时才回一趟在部队的家。不是他不想回去,因为实在不方便,来往一趟足有几十公里呢。这样一来,他的时间就很富足,每天他都是差不多最后一个离开办公室。

有一天,当他离开办公室时,看见人事科办公室的门虚掩着,李静在屋里不知和什么人通电话。当他发现人事科就李静一个人时,他的心跳突然加快了节奏,这时他才清楚地意识到,他一直在寻找机会,单独和李静见面。他停在人事科门口,等李静放下电话后,他及时地敲响了她的门,只听李静在里面问:谁呀?

他推门走了进去，李静看了他一眼，似乎一点也不意外，她一边忙着手里的事，一边道：是你呀，有事？

他坐在屋里的沙发上，一时不知道要对她说些什么，沉静了半晌，才道：谢谢你啊。

她抬起头，专注地望着他说：谢我什么？

谢谢你接收了我。 他小声地说。

她笑一笑，才说：这事呀！ 谁让咱们曾经是战友呢，你条件那么好，这个单位不要你，别的单位也肯定要你。

他的心又抖了一下，她居然还认为他的条件是那么好，在部队时有阵子他也骄傲自己的条件，那时他以为自己的前途一定不可限量；结婚后，这种优越感随着时间的淘洗一点点地消失了，这次转业到了地方，那种残留的骄傲感可以说是完全丧失了。 在这种时候，她还说他条件好？ 他心里顿时涌出一股暖流。 这句话似乎一下子又把两人的关系拉近了，起码他是这么认为的。 他又鼓足勇气道：当年，是我对不住你。

说完很快地看了她一眼，她听了这话，似乎是被一枪击中了，她的脸白了一下，眼圈顿时红了。 半晌，她才说：那事早就过去了，还提它干吗？

他看着她的样子，心里更是内疚，觉得自己此时有千言万语要对她说，可就是一时不知从何说起，他用力地绞扭着双手，无助地说：我现在真后悔，后悔当初不该对你那样。

这时的李静已经平静了下来，她把桌上的一沓东西放到了包里，冷静地看着他。

他又说：听说你现在还没成家，我心里更加难受。

她笑了笑：这事和那件事没有因果关系，你和那个朱大菊还好吧？

他无言地点点头，又摇摇头。 她似乎没看他，拿过包挎在肩上，站了起来。 他明白她是要走了，他也忙站了起来，提前一步跨出人事科的办公室。 她关门的时候才说：你和朱大菊当年在部队可是一对红人呢。

她似乎不想听他的回答，就向电梯口走去，电梯门一开，她头也不回地走了进去。 在电梯门关上的那一刻，他看见她对着电梯里的镜子整理着自己的头发。 他立在那里，看见电梯就停在一层，发愣了半天，才按亮电梯的按钮。

那一晚，他躺在宿舍的床上怎么也睡不着。 以前和李静曾经有过的一切又一幕幕地闪现出来，那时的李静对自己是满意的，甚至有些崇拜，那份感觉现在回忆起来仍让他感到满足。然而现在呢，他却成了朱大菊的丈夫，朱大菊对他是满足的，可两人在交流时，朱大菊对梁亮的现状并不满意，原以为自己的丈夫在部队会前途无量，否则她当初也不会毅然决然地嫁给他。 别说朱大菊对自己失望，连他自己都看不起自己了。 青春年少的梦想永远是份理想，而现实永远是现实，这是他对生活的总结。 他想到这些，又想到了眼前，他转业进入了机关，成了一名国家机关的公务员，每天上班就是为了领那一个月的薪水，时间就这么一天天地过去了，可自己的理想呢？ 这种生活将注定他和芸芸众生一样，平静而平淡地生活，一直到老。当年壮怀激烈的理想已经离他远去，三十出头的男人只能学会务实了。 说到现实生活，他不能不考虑朱大菊和刚出生不久的孩子，他爱她们吧？ 他自己也说不清楚。 想到朱大菊，他又想到了李静，想起李静时，他又有了那种脸热心跳的感觉，正如他和李静的初恋。那时，他也是这种感觉。和朱大菊恋爱时，他几乎是被动的，在他还没有任何感觉时，就稀里糊涂地结婚了。

他躺在夜深人静的黑暗里，隐隐地预感到自己和李静的关系还没有结束，因为李静就在他的生活中。是她把自己留在了这家单位，这一切一定预示着什么。这么想过之后，他的身体开始变得燥热起来。

十一

李静如同灯塔一样在梁亮的眼前闪耀起来，这份感觉和当初已经发生了很大的变化。那时梁亮和李静在一起是天经地义的事，他是师里公认的最英武最有前途的青年军官，他和李静在一起是正常的，然而时过境迁，他的命运和百万军人一样，都纷纷地转业到了地方，开始了又一次艰难的创业。而李静依旧那么年轻貌美，三十出头就已经是人事科长了，一直未婚的李静还是那么清纯高雅，如同雪山白莲般地在他的眼前绽放。

直到这时，梁亮才深深地感到他和朱大菊的关系，因为此时有了李静的存在，才使他猛然意识到，自己和朱大菊在一起并不幸福，从结婚到现在，他从没有真正地爱过她。在和朱大菊的整个过程中，他一直是被动的，朱大菊牵着他的鼻子走到了现在。他半推半就还没有醒过味来便和朱大菊结了婚，接下来，他又稀里糊涂地和朱大菊有了孩子。他现在转业了，和朱大菊拉开了距离，这种距离让他看清了他们之间的关系，同时他也清醒地意识到，这么多年来，他爱着的仍是李静。如果这次不碰上李静，也许他会把这份爱埋在心底。现在李静就在自己的面前，那么惹人注目，他无法忍受自己的沉默了，他要行动。接着，他想到了和朱大菊的关系，顿时浑身就出了层细汗，他努力地劝说自己，就是没有李静，自己和朱大菊的婚姻也维持不长，因为他根本就没有真正地爱过她。这样想过之后，他心安了一些。

他再关注李静的时候，眼神就异样起来，一天见不到李静，他的心里就空空落落。他们工会办公室和人事科只隔着几间房子，有时他站在门口就能听到人事科那边的动静，他在嘈杂的声响中很快就能分清李静甜美圆润的声音。

经常的，他会不由自主地在人事科的门前走来走去，他希望能看到李静的身影。按道理讲，他们都是同事，他推门进去也无妨，但他还没有这样的勇气。他只能远远地看上一眼李静，李静在这时偶尔也会抬起头来无意地往门口望上一眼，他们的目光碰在一起，只是短短的一瞬。他一接触到李静的目光便不能自已，浑身上下抖动起来，如同青春年少的初恋。这份感觉，他只和李静才有，他和朱大菊从没有过这种感受。这么想过后，他又和朱大菊拉开了一些距离。没人的时候，他又一次想到了和李静的初恋，每一个眼神、每一个细微的动作，都让现在的他心驰神往。

一天晚上，快下班的时候，他突然接到了陈大虎的电话。陈大虎在裁军前就调到军区机关工作了，陈大虎约他晚上坐一坐。他下班后，来到了约好的那家饭店，陈大虎已经先到了，菜呀酒啊的都点好了。陈大虎一见他，离很远就冲他招手。陈大虎的样子很轻松，似乎比以前老练了一些。

陈大虎就说：你小子，到了新单位也不跟我联系，我查了一大圈才查到你的电话。

他就冲陈大虎笑一笑。

两人一边吃吃喝喝一边说着闲话，都在部队那会儿，他有些瞧不起陈大虎，总觉得他背后有陈司令员在那儿撑着，他的进步并不是自己本事，而是陈司令员的影响，包括他被调到军区机关工作。这次裁军时，陈司令员也离休了。此时，他在陈大虎身上并没有看到遗老遗少的味道，反而似乎比以前更滋润了。

突然陈大虎说：你小子跟我说实话，到底和朱大菊过得怎么样？

他一下子就怔住了，不明白陈大虎的用意，就那么望着他。

陈大虎爽快地喝了一口酒道：我跟你说，我和马莉莎离了。

梁亮就又把眼睛睁大了一些，马莉莎可是全军区最漂亮的女人。这次裁军，他听说军区文工团也裁了不少人，马莉莎也名列其中。

陈大虎又道：真的，不骗你，就是今天办的手续。说完，又抬胳膊看了一眼手表道，这会儿如果不发生意外，她已经到了南方了。

梁亮这才知道，离婚的事是马莉莎提出来的，她转业后并没有找工作，而是要去南方当歌手，她要去闯荡，去当明星，但走前她唯一的要求就是和陈大虎离婚。陈大虎说到这儿，梁亮就有些同情他了。

陈大虎却一丝一毫地也没有让人同情的意思,他一边喝酒,一边说:离就离呗,这算啥,咱们又不是找不到女人。

陈大虎冷不丁地又突然问:听说李静就在你们机关,都当科长了?

他点点头。

陈大虎沉默了,猛地吸了口烟,望着头顶上的吊灯道:李静是个好女人,我后悔当初了。

陈大虎的目光移下来,盯在梁亮的脸上又问:你呢?

他这么问,让梁亮浑身惊出了一层冷汗,他张口结舌地面对着陈大虎,不知作何回答。

陈大虎就笑了,他一边笑一边说:咱俩是一对傻瓜蛋,要是回到从前,我一定会娶李静,而不是马莉莎。

看样子,陈大虎和马莉莎从结婚到现在也并不幸福,一时间,梁亮就找到了同感,他现在已经不再小瞧陈大虎了,他们现在是一对难兄难弟。在酒劲儿的驱使下,他突然说:大虎,我和朱大菊早晚也得离。

他这么说完后,就连自己都吓了一跳。

陈大虎怔了一下,然后就哈哈大笑起来,他伸出手拍着梁亮的肩膀道:好,好。 顿了一会儿又说:听说李静还没结婚。你要是离婚了,咱们就又回到了从前,看咱们谁能把李静再追到手。

陈大虎半真半假的玩笑话,一下子让梁亮的酒醒了一半。他清楚自己深爱着李静,也不能再失去她了,他要把握住最后的机会向她表达爱意,但前提是得先离婚,如此看来陈大虎又一次抢先了。 此时的梁亮热血冲顶,脑子里只剩下了一个念头,那就是离婚。 后来的陈大虎又说了些什么,他一句也没听清。

第二天,他就回了一趟家。 朱大菊对他的突然归来,有些手足无措,正好带着孩子在里屋的床上玩儿。 朱大菊抱着孩子迎出来,依旧是嘘寒问暖的样子,她显然很高兴。 梁亮望着朱大菊和孩子,突然就没有了勇气。 一直到了晚上,孩子都睡下了,他还在外间不停地抽烟。 朱大菊过来了,坐在他的身边问:梁子,怎么了,是不是有啥事?

他不看她,眼睛冲着地下,呻吟着说:大菊,咱们离婚吧。

她倒吸了一口气,足足有几分钟没有说话,身子就僵在那儿,不错眼珠地望着他。

他靠在沙发上,闭着眼睛说:离吧,我已经想好了,咱们在一起不合适。

朱大菊小声地问:你、你下决心了?

他点点头,看了她一眼,她的面孔有些变形,这让他的脑子快速地闪现出李静那美丽而又青春的面庞。

她的泪水涌了出来,她用双手捂住脸道:我早就知道会有这一天,梁子,从结婚到现在,我知道我配不上你,我以为你看在孩子的面上能接受我,没想到,你这么快就不想和我过了。

这时,他才明白,她为什么那么强烈地想要孩子,他的心痛了一下,他有些可怜眼前的朱大菊了。 这时又一个声音在他的耳边说:同情不等于爱情,梁亮你要挺住。 果然,他就挺住了,为了自己完美的人生和爱情,他要和朱大菊离婚。

那天晚上,两人就那么坐了一宿,朱大菊不停地抹眼泪,他则不停地吸烟。该说的都已经说了,再说多了就没有必要了。天亮的时候,他离开了家,坐上长途车的瞬间,他一下子轻松了起来。来到机关后,当他再看到李静的身影时,他的心里又是另外一种境界了。

十二

朱大菊是在一个月之后给梁亮打的电话,她在电话里说:我想通了,如果你方便就回来办手续吧。

梁亮在接到朱大菊这个电话时,他觉得朱大菊是个好人,但他知道这并不是爱情。在这期间,他再也没有回过部队那个家。他的决心已定,况且在这期间他和李静的关系也正朝着良好的方向发展。有一次,李静曾主动来到他的办公室,当然那是在大家都下班后。李静就坐在他桌前对面的位置上,李静就那么默默地望着他,半响才说:这里你还适应吧?

他真诚地看着她说:谢谢你了。

她笑一笑,很含蓄的那种表情,他太熟悉她的笑容了,终于他鼓足勇气道:我、我要离婚了。

她认真地看了他一眼,眼里掠过一抹亮色,顿了一会儿问:这么说,你过得并不幸福?

他想和她倾心而谈,这对他来说是个绝好的机会,就在他摆出倾诉的架势时,李静挥手打断了他,背起小包道:我还有事,你是否离婚是你自己的事。说完,就走了出去。

他坐在那里,心凉了又热了,热了又凉。李静虽然在关心他，关注他的感情和生活，但她并没有接受他的感情，这是令他心凉的原因。 很快，他就理解了，自己毕竟还没有真正离婚，他现在还没有权利对李静示爱。 他期待自己能快点离婚，然后就能一身轻松地向她表达自己的情感。 李静这么多年一直没有结婚，这一切足以说明他还有机会，至少除他之外，她还没有遇到更合适的人选。 这些自然是梁亮一厢情愿的猜测。从那以后，虽然他没再和李静单独谈过什么，但李静每次出现在他面前都是笑着的。 他在她的笑容中，看到了她的那份情意，仿佛在笑容的背后她在问他：你怎么还没离呀？

　　他终于和朱大菊离了，他没想到事情发展得这么顺利。 当他出现在朱大菊面前时，朱大菊早早就冷静了，她平静地说：梁亮，你要离咱们就离吧，你不爱我，在一起又有啥意思？ 我别的条件啥都没有，你也不用着为我担心，我是部队上的人，有困难部队不会不管我。 我只求你一件事，你好好看看孩子，这是你的孩子，从他生下来到现在，你还没有认真地看过一眼你儿子呢。

　　他下意识地来到儿子的床前，儿子已经一岁多了，他正在梦中甜甜地睡着。 说真的，要这个孩子时他很不情愿，孩子还没出生，部队就开始裁军，然后就是转业、找工作，这一年多的时间里，他真是没心情抱抱儿子，哪怕仔细地看看他一会儿。 现在，他就要离开儿子了，突然间他觉得有些对不住儿子。 当他抬起头来的时候，有泪水落在儿子的脸上，小家伙在梦中激灵了一下。

　　朱大菊在一旁长出了口气道：行了，只要你还认这个儿子，我就知足了。 我不希望自己的孩子长大后，还不知道自己的爹是谁。

他听了朱大菊的话，一下子百感交集起来。结婚前和结婚后，他还从来没发现朱大菊有这样的优点——大度和宽容。

离婚三天后，他的情绪又恢复到了常态，他要寻找机会向李静表白。中午的时候，见办公室没人，就给李静打了个电话，在这之前他看见李静回到了办公室。李静拿起电话后，他说：是我，晚上我想请你吃饭。她没说话，接着他说了时间和地点。她那边仍没说什么，却先放了电话，他随后也放下电话。她没说话就意味着她答应了，只有恋人才会这样心照不宣。一下午，他的感觉都是美好的。

下班后，他早早地来到了那家餐厅，酒也点了，菜也点了，就等着李静赴约了。果然，在他约定的时间过了十分钟后，李静出现在他的眼前，她无声无息地坐在了他的对面。他为她倒了一点酒，然后拿起自己的杯子，准备和她碰杯。她没有动，只平静地说：梁亮，有什么事你就说吧。

他喝了口酒，笑一下道：李静，我想告诉你我离婚了。

她没动，仍然那么望着他。

他又说：李静，当年我对不起你，不该提出和你分手。

她仍望着他，眼圈却一下子红了。

他的心动了一下，道：李静，你知道吗，我这次离婚就是为了你，因为这么多年我一直爱的是你。

她用手擦了一下眼睛，哽着声音道：梁亮，你也终于有今天，当年你说甩就把我甩了，我当时就想死，可惜没有死成。你知道我这么多年是怎么过来的吗？陈大虎甩了我，你也甩了我，你们是当初师里公认的两位条件最好的军官，我却被你们甩了，这么多年我都没有勇气去谈恋爱。我看过心理医生，可是没用，我知道只有你和陈大虎才能治好我的心病。前几天陈大虎来找过我，他也说最爱的是我，今天你也这么说……

她说不下去了，掏出纸巾拭泪。

他一时语塞，不知说什么好。

她又说：现在好了，我终于看到你们的结局了，你们过得都不幸福，我的心病也就好了，我在你们身上丢失的自信总算又回来了。梁亮，你什么也别说了，对不起，我走了。

李静就那么走了，挺着美好的身姿消失在梁亮的视线里。有一会儿，他不知道自己在哪儿，就那么呆呆地坐着。结果，那天的他就喝多了。回到宿舍后，他关上门蒙着被子号啕大哭。

不久，机关改革，人事上又做了一次新的调整，李静离开机关去公司任职了。又是一个不久，李静结婚了，许多机关的人都去参加了她的婚礼，只有梁亮没去。

第二天上班的时候，不知谁在他的办公桌上放了一袋喜糖，那是李静的喜糖。他下意识地吃了一颗，又吃了一颗，结果一袋喜糖都让他吃光了。一个小时后，他大吐了一场，从此他再见到糖就有要吐的感觉，梁亮对糖已经过敏了。

XING——FU——

XIANG——

HUA——

YE——XIANGCAO——

幸福像花也像草

人物

上个世纪七十年代末,我们军区大院出了两个人物。

一个是参加对越自卫反击战,荣立二等功的林斌。林斌参战那会是名副连长,在老山战斗中,带领侦察排直捣敌人的腹地,一举捣毁了敌人的团部,为部队大举反攻老山立下了汗马功劳。战斗结束后侦察排荣立集体一等功,虽然那会儿,一个排只剩下了十几个人,但这并没有影响侦察排的荣誉。

林斌是军区原林副司令的儿子。林副司令早年间是在枪林弹雨里滚出来的。虽然离休了,但身子骨还算硬朗,经常挂一根拐棍,噔噔地在院子里散步。

儿子林斌成为英雄的消息早就传回到了军区,认识的人见到林副司令时,便夸奖道:林老,真是虎父无犬子呀。祝贺祝贺。

林老却一脸漠然,不屑地回一句:这小仗小功算个啥?然后再不多语,拄着拐又噔噔地走了,只留下个苍老的背影。

林老有三个儿子,他一口气把三个儿子都送到了队伍上。老大在珍宝岛自卫反击战中牺牲了,老二牺牲在了七十年代初的中印反击战上。林斌排行老三,在家里最小。所幸的是,林斌没有牺牲,成了对越自卫反击战的功臣。听到这个消息,林老却很平静,噔噔地在院内散步,抬头望浮云飘来荡去,样子淡定得很。

我们院另外一个人物就是白杨了。白杨的父亲是军区的宣传部长,正师级。参加过解放战争和抗美援朝,资历和林副司令没法比,但他生下白杨这个儿子,也算著名。

白杨的著名是因为他太讨女孩喜欢了。从上高一起,他的魅力就得以彰显。白杨比我们高两届,我们上初二时,他就上高一了。那时的白杨骑一辆二八式凤凰自行车,车把上一年三百六十五天永远插一面小型国旗,国旗的颜色是鲜红的,衬得他一张脸也白里透红。他的头发经常耷拉到额前,差不多要盖上眼睛了,他就经常一甩一甩的。回力牌白球鞋,一条洗得发白的绿军裤,上衣是白色的确良衬衣,这是白杨标准打扮。黄军挎包作为书包,斜背在身上,书包里经常装的不是数理化课本,而是一本普希金或者莱蒙托夫的诗集。

高一的白杨,在我们初中生眼里,简直就是一个男人的神话。他从来不正眼瞧我们,潇洒地骑着自行车在我们身边一闪而过。惹得一帮初中女生,脸红心热地呼喊白杨的名字。面对初中小女生,白杨连头都不回,甩一下头发,一躬身,自行车箭一样地射出去。他竟然双手撒把,两只手有节有律地打着榧子。

白杨潇洒的背影,弄得初中小女生心旌神摇。她们喉咙里经常发出对白杨的赞叹:哦,咔,哦咔……

白杨不仅对初中小女生不感兴趣,他对高一女生也不屑一顾。他的同班有两个女生,一个叫王坤,另一个叫白莉。王坤在班级里坐在白杨前面，白莉坐在白杨的后面。两人都暗恋白杨许久了，上课时，王坤不时地回头和白杨搭讪，一会儿借一把三角尺，一会儿又借一把圆规。总之，王坤是在没事找事，就是为了能够回头多看一眼白杨。

看得白莉很不高兴，一次放学，白莉主动找到王坤谈了一次话。这种谈话，肯定是话不投机，两人竟在放学路上撕扯起来。一个人抓住对方衣领，另一个人抓住对方的头发，两个高一女生，像两只发情的小母猫一样，一边撕扯着对方，一边说：不要脸，不许你看白杨。另一个说：你算老几，白杨是我的。

两人没命地抓挠着对方，后衣襟被扯了上去，露出两截白白的腰肢。我们这些初中生，就围在一旁观战，拍手叫好助威。小三子就喊：下腿，抱腰，撂倒她。另一个同学朱革子磕磕巴巴地喊：掏……掏她裆……

众人就哄笑。

两人为白杨仍不肯罢手，一副你死我活的样子。

不知谁喊了一声：白杨来了……

两人似乎听到了一声命令，同时住手，向远处张望。那里根本没有白杨，连个影子也没有。

我们站在一旁又一阵哄笑。

王坤和白莉各自扯扯自己的衣襟，把自己的腰腹盖上。王坤哼了一声：白杨不是你的，告诉你白莉，你别做梦了。

白莉跺下脚，手指着王坤的鼻子：你个小贱人，以后不许勾引白杨。

两人恨恨地走了。

看热闹的我们,也就随之散去。

白杨到了高一下学期,我们发现他和高二一个叫刘圆圆的女生好上了。

放学的路上,我们经常看到白杨的二八自行车后面坐着高二女生刘圆圆。 刘圆圆长的和她名字一样,到处都是圆乎乎的,她还有着一头长发,她坐在车上,长发在她脑后飘舞,她双手搂着白杨的腰,白杨把车骑得飞快,刘圆圆嘴里发出"喔喔"的叫声,像一只鸟在我们身边划过。

我们终于明白了,白杨喜欢成熟的女生,刘圆圆长得就很成熟,圆鼓鼓的身子,差不多都快把衣服涨破了。

从那以后,我们经常看到白杨和刘圆圆成双入对,他们一起手拉手去电影院看电影,在旱冰场又一起滑旱冰。

刘圆圆高中毕业那一年,没能考上大学,只考取了本市的一所卫生学校,学历仅属于中专。

这一年白杨已经上高二了。

他和刘圆圆的恋爱已经达到了如入无人之境。 有一次我们看到白杨和刘圆圆两人在夕阳西下的小树林里竟然接吻了,两张湿漉漉的嘴唇,发出啵啵的声音。 看得我们这些初中生,心里跟着一漾一漾的。 我们都巴不得早日长大。

世上没有不透风的墙,白杨早恋这事被他爸白部长知道了。 有一天我们放学回家,看到白部长提着个木棍,满世界在追赶白杨,一边追一边骂:小兔崽子,让你不学好,嗯,让你不学好。

白杨在前面跑,他跨开长腿,没几步就把白部长甩在了身后。 五十多岁的白部长,体力明显不支,他停下来,呼哧带喘地骂：你个小兔崽子，不学好，看老子怎么收拾你。

白杨已经一溜烟地跑出大院了。

白部长提着棍子像一个败兵一样往回走。

白部长一怒之下，还没等白杨高中毕业便把他送到了部队。白杨参军的部队在北部边陲，据说离我们这座城市有上千公里，且那里荒无人烟，只有漫长的边境线。

从此以后，我们眼前白杨和刘圆圆的爱情暂告一个段落。

我们上高二那一年，白杨竟奇迹般地从边防调到了军区文工团，当上了一名干事。原来，白杨在边防团短短两年时间里，不仅入了党，还提了干。

据说这次把白杨调回来，是白杨妈四处求人的结果。白杨再不听话，毕竟也是自己身上掉下的肉，母亲不心疼谁心疼，白杨爸不管白杨的事，白杨妈就四处找人，终于白杨调回了军区，还一下子就调到军区文工团。

我们预感到，白杨这下子就是虎落羊群了。

军区文工团有许多漂亮女孩子，唱歌的，跳舞的，拉琴的，这些女孩子一个比一个漂亮。漂亮是搞文艺的基本条件。

我们再见到白杨时，他似乎比以前长高了一些，也成熟了许多。绿色军裤，白色衬衣，一双钉了掌的三节头皮鞋穿在脚上，走起路来咔咔作响。他的头发还是那么一甩一甩的。他看到我们，头向上扬了扬，斜着眼睛冲我们说：你们还没混出来吗？他把我们上学称为混，我们心里不高兴，但嘴上不说什么，冲他笑笑，他冲我们打个指榧，咔咔地挺着腰身走了。

我们听说，白杨调到军区文工团不久，就被舞蹈队一个叫大梅的女孩看中了。大梅疯狂地喜欢上了白杨。

事件

　　大梅本名叫王大梅。 她们这批学员刚刚提干。 大梅虽说是跳舞的,但长得并不纤细,有点类似于刘圆圆那种类型,像水蜜桃似的,二十岁左右的大梅水汪汪地喜欢上了白杨。

　　其实白杨对大梅没感觉,他喜欢的是同在舞蹈队的杜鹃。杜鹃和大梅是一批提干的,长得小巧玲珑,一双眼睛又细又弯,笑起来像一对月牙,扎着马尾辫。 白杨一见到杜鹃就喜欢上了。

　　情种白杨,在调到文工团之后,他的爱情春天降临了。

　　林斌凯旋回到了军区,庆功授奖大会在军区礼堂举行。

　　大院的两个人物,林斌和白杨的重逢是在军区礼堂的后台。

　　林斌穿着崭新的军装,和一些同样立功受奖的人员站在后台,准备上台领奖,白杨也来到后台,他要和几年未见的林斌打个招呼。 两人各自先后参军,几年时间里,两人几乎没有交往。

　　在后台两人认出对方后,他们拥抱在一起,拍了前胸,捣了后背之后,相互冷静地打量着对方。 林斌望着白杨就说:没想到你小子也会提干。在林斌眼里，白杨就是一个公子哥。

白杨歪着头，露出一口白牙，灿烂地冲林斌笑，他捣了一拳在林斌的胸前：你小子命挺大的，有空请你喝酒。

两人正说话，雄壮的解放军进行曲响了起来，主持人用激昂的声音宣布：请立功受奖人员，上台领奖。

林斌和受奖人员一起，列着队走上台去。

白杨一直歪着头，在侧幕里望着上台受奖的林斌。

受奖的最后一个节目，是文工团舞蹈队的女队员上台为英雄佩戴大红花。正巧，杜鹃为林斌佩戴红花。她有些紧张，在台下时，她听了这些战斗英雄的光辉事迹，这些事迹已经感动得她流了几回泪了，对英雄的敬仰让她紧张。她在林斌胸前别了几次都没能成功，她抬了下脸，愧疚地冲林斌说：对不起。

林斌微笑着望着她一张因紧张而汗湿的脸，小声地：你叫什么名字？

杜鹃就说：我是舞蹈队的杜鹃。

杜鹃说完这话时，已经把红花别在了林斌胸前，杜鹃举起右手，给英雄林斌敬礼。林斌微笑着还礼。

这段波澜不惊的小插曲，白杨根本没放在眼里，他的眼里只有灵动的杜鹃。舞蹈队回到后台，白杨拉过杜鹃还问：那个林斌冲你说什么了？

杜鹃笑，笑弯了腰，半晌直起腰来冲白杨说：我差点扎了他的肉，老是别不上。

白杨也笑了。

站在一旁的王大梅不笑，她丢下一句：这有什么可笑的。

然后挺胸抬头,噔噔地走了。

  白杨见四周没人,从兜里掏出一张电影票,塞到杜鹃的衣兜里,附在杜鹃耳边小声地说:明天请你看电影。

  白杨说完,手插在裤兜里,吹着口哨离开了后台。

  杜鹃脸红心跳地从兜里拿出电影票,是明晚七点整的电影,地点就在市文化宫电影院,影片的名字是《于无声处》。这是杜鹃自从来到舞蹈队之后,第一次有男人约她外出看电影。 她们这些舞蹈队的队员,都是特招的文艺兵,十三四岁就被招到了军区文工团,和那些真正的舞蹈演员一起,摸爬滚打地训练,当满五六年学员之后,有机会提干,才真正地留在部队,成为一名舞蹈演员。 以前还小,又是学员,自然不会有风花雪月的机会。

  杜鹃把一张小小的电影票揣进兜里,在那一刻,她一下子觉得自己长大了。 她挺胸抬头地走去,一直到宿舍,她在兜里捏着电影票的手已经汗湿了。

  第二天中午,吃过午饭。 大梅回来了,把一封信递给杜鹃,不冷不热地说:杜鹃,你的信。

  大梅和杜鹃在同一个宿舍,在白杨没出现前,两人是无话不说的好朋友。 自从白杨调到文工团之后,大梅水汪汪地喜欢上了白杨,她却发现白杨对杜鹃有意思,她和杜鹃的关系一下子微妙起来。 这种微妙,只有当事的女孩才能细微地察觉到。

  杜鹃想都没想就大咧咧地撕开了信,一张电影票翩然地落在了地上。

  大梅弯腰捡起电影票,冲杜鹃道:谁要请你看电影呀?

  杜鹃正在读信,那信只有一张纸,纸上只有一行字:这是今天晚上的电影票，不见不散，林斌。

杜鹃读着林斌的信有些惊愕，她没想到林斌会约她去看电影，他们只有在立功受奖的台上有那么一面之交。她拿着信，半晌没有转过神来。

大梅一把抽走了她手里的信，看了一眼，大梅就惊呼道：林斌约你看电影？！

大梅和杜鹃两人四目相视，大梅一把抱住杜鹃道：杜鹃，祝贺你，有人向你求爱了。大梅甚至兴奋地抱起杜鹃在地上转了一圈。她的兴奋是有道理的，林斌对杜鹃下手了，那白杨就是她的了。

午休的时候，大梅很快躺在床上睡着了，甚至还打起了小鼾。

杜鹃却睡不着了，她此时左兜揣着白杨的电影票，右兜揣着林斌的电影票，杜鹃已经不知如何是好了。

大梅是在下午偏晚些找到白杨的。白杨在文工团办公室里，正在给自己擦皮鞋，他把脚搭在椅背上，拿着一块擦鞋布，左一下右一下地擦着那双三节头皮鞋，鞋已经很亮了，都差不多能照出人影了，白杨满意地哼起了歌。就在这时，大梅在门口喊了一声报告，还没等白杨反应过来，大梅一头闯了进来。大梅把一张电影票拍在桌子上，盯着白杨道：白干事，晚上我请你看电影。

白杨的职务是文工团的文化干事。

白杨还没反应过来，大梅一阵风似的走了。白杨这才反应过来，忙追过去，拉开门，大梅的脚步声已在楼梯上响了起来。白杨追过去，站在楼梯口，冲着大梅的脚步声说：王大梅，我晚上没时间。

大梅没再回头，也没有回话。

白杨甩了下头发，向办公室走去。他顺手把大梅的电影票撕了，随手扔到门口的垃圾桶里。他吹着口哨，满脑子都是即将约杜鹃赴约会的场景。

傍晚时分，身穿草绿色军裤、白衬衣的白杨，潇洒地出现在文化宫电影院门口的台阶上。他双手插在裤兜内，吹着口哨，不时地把搭在额前的头发甩上去。他在台阶上自信满满地踱来踱去，目光瞟着汇集到文化宫门前观看电影的人流中。不经意间，他看到了林斌，林斌仍穿着上台受奖时那身新军装，新军装衬托着林斌一丝不苟，林斌一步步走上台阶，走到白杨面前。

白杨上前打着哈哈：林大英雄，这是要看电影？

林斌笑一笑，转过头在人群里寻找着什么。

白杨斜了身子，颠着脚，调侃着：大英雄这是在等人呢，和谁约会呢？

林斌又笑一笑，他专心致志地在人群中寻找着杜鹃的身影。在林斌眼里，白杨就是个小破孩，从上中学那会，他就没把白杨当成个人物看过。

看电影的人渐渐地都进场了，门口稀疏下来。白杨和林斌都没等来他们各自要等的人。白杨有些焦灼了，不时抬腕看表，电影院里传来电影公映前的预备铃声。

其实，杜鹃早就到了，她就躲在电影院门口一根电线杆后面，她面对着两个男人，不知是进是退，她犹豫不绝。正在这时，风风火火的大梅跑了过来，她先看到了犹犹豫豫的杜鹃，先是一怔，随后拉过杜鹃：你也来看电影？

杜鹃望着大梅：你一个人？

大梅大咧咧地：那啥，我约了白干事了，看，他已经等在那了。

杜鹃又一次看见了白杨和林斌，两个人往不同方向，分别焦灼地望着，等待着。心急的大梅已经拉着杜鹃走了过来。

白杨和林斌一起看到了走过来的两个人，他们的心态却并不相同。林斌认为杜鹃赴约是冲自己来的，白杨也认为杜鹃在赴自己的约，却多了个碍事的大梅。

四个人在电影院门口聚齐了，他们各怀心事地走进了电影院。

电影已经开演了，他们还没适应眼前的黑暗。最纠结的是杜鹃，白杨给她的电影票在八排，林斌给她的电影票在十排，眼前的情景让她坐在哪里都不合适，她灵机一动，看到后排正好有四个空位子，她停下脚道：别找了，这有空位，就坐这吧。

说完她率先坐了下去，大梅见杜鹃坐下了，马上也挨着杜鹃坐了下去，顺手把白杨拉到自己身边的空位上去。这样一来，林斌只能顺理成章地坐在了杜鹃的另外一侧。

电影正在演着，四个人的心思都不在电影上。

白杨意识到，林斌在等杜鹃，而自己也在等杜鹃，那么杜鹃今晚是在赴谁的约会？

林斌和大梅并不知道白杨约了杜鹃，在他们看来，四个人坐在一起，纯属巧合。

只有白杨和杜鹃对今天的约会心知肚明，两人的关系就微妙起来。白杨隔着大梅不时地瞥着杜鹃,杜鹃感受到了来自白杨的关注,半边身子变得异常敏感。身外另一侧的林斌,中规中矩地望着前方的银幕,他的心思是否在电影上,只有天知道了。

坦然的大梅此时全心全意地充盈在自己的幸福里,她的心思全部放在了身边的白杨身上,胳膊碰到过白杨的肘部,她的身子像触电似的激灵了一下,她期待着白杨会有进一步动作,但白杨却迟迟没有发出信号。她瞟眼身旁正襟危坐的杜鹃。她靠近白杨另一侧的手默默顺着身体向白杨移过去。通过体温她已经感受到白杨放在身旁的手近在咫尺了。她抬起小指,一下子勾住了白杨的中指,这是她向他发出的信号,她期待白杨一把抓住她的手,并死死攥住。不料白杨被烫了似的把手快速地移开了。大梅的心一下子冷了下来,她下意识地瞟了眼白杨。白杨的目光正越过自己去瞟另一侧的杜鹃。大梅烦躁地在座位上动了动身子。杜鹃趁机抓住了大梅的手,从那以后,两个女孩开始交头接耳地议论电影的人物和情节。活跃起来的两个女孩,把这种僵硬的氛围打破了。

电影散场时,四个人从电影院里前后脚出来。杜鹃和大梅两人形影不离地挎在一起,似乎两人已结成了同盟。

林斌冲白杨点了下头,最后把目光定在杜鹃脸上,微笑着道:再见!

杜鹃没有应声,倒是大梅替杜鹃回答了,还挥起手冲林斌招了招手。林斌跨下台阶,迈着军人的步伐消失在人流里。

白杨把手插在裤兜里,吹了声口哨,冲两人道:回家……

然后一蹦一跳地向前走去,洁净的三节头皮鞋在路灯下发出幽幽的光,伴随着铁掌敲击水泥地面发出的咔咔声,白杨潇洒地向前走去。

大梅和杜鹃拷在一起,表面上有说有笑,却各怀心事的向文工团宿舍走去。

挑战

　　白杨认为，林斌喜欢杜鹃就是对自己的挑战。

　　此时立功的林斌，已被军区一纸命令调到了军区作战部任正连职参谋了。

　　文工团驻地就在军区眼皮子底下，林斌就在军区机关上班，女孩杜鹃就像一只迷途的羔羊，白杨感受到了来自林斌的威胁。 白杨要有所行动了。

　　那个星期天的上午，白杨出现在军区家属院的小白楼前，这是林斌的家。 林斌的父亲是军区原副司令员，资格老，级别高。 离休前就住在这里，离休后仍然住在这里。 白杨对这里很熟悉，他站在小白楼前，叉开双腿，两只手插在裤袋里，他抬起头来喊林斌。 林斌在二楼一扇窗前闪了下身子，他看见了白杨。 不一会就出现在白杨面前。

　　白杨不说话，梗着脖子瞥着林斌。 他们在上中学那会，每次约架，大都是这个样子。 林斌比白杨高两个年级，平时压根没把白杨这些小破孩当对手。 他们之间从来没约过架，大院的孩子一致对外，但大院里的孩子，对约架的形式一点就通。 此时，他们已经是成人了。

白杨见林斌走了出来，转头就走。林斌犹豫一下，还是跟在了后面。白杨不用回头，就知道林斌跟在了后面，他有些兴奋也有些激动。仿佛，他们又回到了约架的少年时光。那会儿大院里的孩子遇到矛盾和误解，都是通过约架解决。如果被约的拒绝约架，就意味着认输装屁，后面的所有条件就好谈了。

白杨径直把林斌领到体工队的拳击训练馆，星期天，这里一个人也没有。拳台落寞地等在场地中央，台下的架子上，挂着各种颜色的拳击手套。

白杨走过去，抓过一副拳击手套，见林斌没动，他抓过另外一副，扔给林斌，然后转身翻身上了拳台。

林斌站在台下，提着拳击手套，望着白杨：白杨，咱们都不是孩子了，有什么话你就说。

白杨把两只戴手套的拳头相互撞了一下，淡淡地：一会儿说。

这也是约架的规矩，不分胜负前，并不说事，说了也白说。

林斌见白杨这副架势，只好把拳击手套戴上，翻身上了拳台，他对视着白杨，不耐烦地：是你先动手，还是我来？

他话刚一出口，白杨已经出手了。一拳击在林斌的面门。先发制人是白杨的逻辑，小时候和人约架，他从来都是第一个出手。

林斌摇了两摇晃了两晃，开始反击了。

两个男人，在拳台上你来我往，白杨的鼻子流血了，林斌的嘴角也破了。最后两人扭摔在台上，一会你上，一会他下，两人似乎耗尽了气力,各自躺在台上呼呼哧哧地喘着粗气。

林斌望着天棚,咬着牙道:白杨,你到底要干什么?

白杨翻身坐起来:这轮咱们算是平手。

他踉跄着站起来,把拳击手套摘下来,扔到拳台上。他盯着林斌:有本事跟我走。

白杨说完,跳下拳台。

林斌也把手套扔到拳台上,跟上白杨就走。

这次白杨把林斌约到了自己的办公室。白杨从角落里拿出一副围棋,放到桌子上,盯着林斌:刚才是武的,现在敢不敢来文的?

说完拈起一枚棋子,啪的一声放到棋盘上。

林斌只能应战了。

黑白棋子慢慢地差不多把整个棋盘占满了。

林斌把一枚棋子放到一个空格处:说吧。

白杨打劫成功,收复了一块失地,他把林斌的棋子从棋盘上捡出去,扔到棋子篓里。他并不抬头道:以后你离杜鹃远点。

林斌也打了白杨的劫,把白杨的棋子也吃掉一块,他一边往棋盘外捡棋子一边说:为什么?

白杨:因为我喜欢她。

林斌盯了一眼白杨,白杨不甘示弱地望着林斌。林斌一怔,又一笑:世上没这个道理,许你喜欢,就不许我喜欢?

白杨把手里几颗棋子扔到棋盘上,无赖地盯着林斌:我白杨就是这个规矩。

林斌也把棋子放下,拍拍手:杜鹃答应你了?

白杨站了起来，林斌也站了起来。两人像两只公鸡似的盯着对方。

白杨突然笑了，有些莫名其妙。

林斌：你笑什么？

白杨收了笑：林斌，我会让杜鹃答应的。

林斌：那好，咱们谁追到算谁的，这样公平吧？

白杨梗着脖子，从办公桌后走过来，他从上到下地把林斌看了一遍，又抬起头盯着林斌的眼睛：林斌，这话可是你说的？

林斌别过头去望着窗外：当然。

白杨伸出了手，林斌没和白杨握手，转身走出白杨办公室。

白杨看着自己伸出去的手，笑了。他对追求女孩子充满了自信。从初中开始，他就被人称为情种，他有这样的自信。

杜鹃和大梅

在军区文工团舞蹈队,杜鹃和大梅应该说是最好的朋友,她们是一批被招到军区文工团的,那会她们才十二三岁,同吃、同住、同训练。从当学员那会儿起,两人就同一宿舍,少年的友谊陪伴她们一起成长。因为相濡以沫的友谊,让她们成为了闺蜜,她们以前是无话不说的朋友。

因为白杨的出现,让两个人的关系一下子变得微妙起来。

那晚看电影回来,她们彼此明白了对方的心思。

大梅知道白杨在喜欢杜鹃,杜鹃知道,大梅喜欢上了白杨。

星期天的早晨,是舞蹈队演员难得的清闲时刻,不用练功,不用出操。虽然生物钟让她们准时醒来,但她们谁也没有起床的意思,偶尔赖会儿床也是幸福的。

大梅从被子下探出半个身子,瞟眼另一张床上的杜鹃。杜鹃倚在床上正望着窗帘透过的光线想着心事。

大梅就说:林斌挺不错的,这么年轻就是正连职参谋了。又立过功,以后肯定大有前途。

杜鹃笑了笑。

大梅见杜鹃没有搭茬，这在以往的聊天记录中很少见，大梅这天就不好往下聊了。大梅努力地想了想，还是硬着头皮说：白杨其实……大梅字斟句酌地找着关于白杨的话题。

杜鹃突然坐起来，把被子拥在胸前笑着对大梅说：大梅，你不用说了，我知道你喜欢白干事。

杜鹃一句话，让大梅暴露在光天化日之下，大梅望着杜鹃一时竟不知说什么好。

杜鹃突然又躺下了，望着天棚：大梅，喜欢白杨你就去追。

大梅欠起身子，盯着杜鹃嗫嚅地说：那，那，你呢？

杜鹃突然哈哈大笑起来，笑得床一抖一抖的。

大梅干脆坐起来：杜鹃你笑什么？你喜欢那个林参谋？

杜鹃收了笑，天真地说：我干吗非得要喜欢男人。告诉你大梅，我谁也不喜欢，我只喜欢跳舞。

杜鹃说的是实话，她考文工团之初，父母是不太赞成杜鹃学跳舞的，杜鹃的父母都是教师，当初把杜鹃送到文化官的舞蹈班，是为了培养孩子毅力，让父母没有料到的是，杜鹃第一次穿上红舞鞋便欲罢不能了。她从小在心底里就有一个梦想，她要做一只白天鹅，只有在舞蹈中才会让她梦想成真。一直到现在，只要她一穿上红舞鞋，就觉得自己成为了一只高贵优美的天鹅。

杜鹃被军区文工团选中，父母并不支持，杜鹃以死相逼，父母只能妥协，以为孩子是心血来潮，吃苦受累一阵子，自己会改变主意。没想到，杜鹃坚持了下来。在她们那批学员中，她的业务数一数二。她全身心地爱上了舞蹈，爱上了她梦中的白天鹅。

杜鹃的想法和大梅的想法不在同一个道上，大梅很现实，她知道，作为一个舞蹈演员是暂时的，说白了就是吃青春饭。总有一天跳不动了，最好的结果就是在团里当一名编舞，留下一身伤痛，告别舞台，为人妻为人母，过平常人的日子。大部分舞蹈演员，只能改行，转业到地方，没有文化，也没有一技之长，只能到各种级别的文化宫当一名辅导老师，教一帮孩子跳舞，过往的青春靓丽早就不存在了，她们很快成为普通人。

大梅一进入舞蹈队就想到了这些，就连父母亲戚朋友都劝她，趁年轻漂亮，找一个好人家嫁了，以后的日子才会顺风顺水，吃穿不愁。

白杨调到文工团后，大梅看中了白杨。白杨一表人才，年轻有为，他不是演员，事业上没有制约，且白杨的父亲是军区的宣传部长，正师级干部。宣传部又管着文工团，白杨的事业一定会顺风顺水。

大梅把自己的人生当成了一盘棋，她要走一步看三步。她看中了白杨，这是她迈向成年的第一步。

杜鹃和大梅的人生选择大相径庭。一个活在理想的梦里，另一个活在清醒的现实世界。

那个星期天的早晨，杜鹃大度地冲大梅说：大梅，你喜欢白杨你就去追。我现在不谈恋爱，更不会结婚，我要跳舞。

大梅对杜鹃的舞蹈梦是有所了解的，见杜鹃这么说，大梅悬着的心便放了下来。在她的心里，杜鹃不是她的情敌，而是她的好朋友，好闺蜜。

之所以那天杜鹃去赴两个男人的约会，完全因为白杨是文工团机关的领导,而林斌虽不是她的领导,却是英雄。杜鹃那天从电影院回来,每次想起来,自己都笑得不行。同时赴两个男人的约会,显得好笑和不靠谱。

攻势

　　白杨并没把林斌的挑战当回事。他对自己在女孩面前的魅力充满了自信。他是文工团的干事，天天和女孩子们打交道，他自信自己有近水楼台的优势。

　　从那天开始，人们经常可以看到白杨身穿红色运动衣裤，脚踏回力牌白球鞋，运动衣上印有"中国"二字。他像一名运动员一样，绕着文工团的操场跑步，此时文工团员们，已经早起练功了，拉琴的，练声的，踢腿下腰的，一副活色生香的景象。舞蹈队的练功厅的玻璃窗就面对着操场，练早功的女孩子们，只要抬头就能看到白杨健美的身影在操场上健步如飞。红色的衣裤，让白杨像一团火，青春朝气。

　　几圈之后，白杨已满头大汗了。他脱下运动上衣，斜搭在肩上。他把身体倚在运动器械上，面朝着舞蹈队练功房的方向，他开始朗读莱蒙托夫的爱情诗篇：

　　　　南方的明眸，乌黑的眼睛。
　　　　我从目光中阅读爱情，
　　　　自从我们相遇的那一刻，

你是我白天黑夜不落的星。

白杨背诵一首,又更激昂地换成了另外一首:

> 一只船孤独地航行在大海上,
> 它既不寻求幸福,
> 也不逃避幸福,
> 它只向前航行,
> 底下是沉静碧蓝的大海,
> 而头顶是金色的太阳。
> ……

从上初中开始,白杨对爱情诗篇就已烂熟于心。上高中时,他那么讨女生喜欢,就是他读诗的样子,他总能找好情境,选出一首适合情境的诗,情景交融的朗读总能带来意想不到的效果,这一点,白杨总能恰到好处。白杨朗读诗的样子也是全情投入的,他就像一名演员,松弛或紧张,完全看诗的意境,当年他的情诗能迷倒所有乳臭未干的小女生。

白杨在操场的朗诵果然招来了许多女演员,当然也包括男演员打开窗子向外张望。

舞蹈队练功厅里,大梅走到窗前,她推开窗子把头探出去,她在向白杨挥手,大声喊着:白干事,再来一首。

白杨看到了大梅,他冲练功厅方向打了个榧子,甩一下头发,汗淋淋地站在操场上,声情并茂地又开始朗诵普希金的诗了。

大梅把杜鹃拉到窗前，白杨看到了杜鹃，他就像打了鸡血似的更大声地朗诵：

> 假如生活欺骗了你，
> 不要悲伤，不要心急，
> 忧郁的日子里，
> 需要镇静；
> 相信吧，快乐的日子，
> 将会来临。
> 心，永远向往着未来
> ……

杜鹃的确也被白杨的样子在一瞬间迷住了，她在窗前多停留了一会儿，一直等到白杨把这首诗朗诵完。她和大梅的身前身后，挤满了一脸艳羡的女孩子。

一个叫郑小西的女孩子，迷离着眼睛说：白干事的样子，真潇洒。

不仅郑小西，许多女孩子都被操场上的白杨迷住了。

白杨懂得欲擒故纵，他把上衣重新搭在肩上，冲一张张从窗前探出的女孩子的脸，打了个榧子，吹着口哨，青春洋溢地离去。

青春朝气的白杨，在二十出头的女孩子们的心海里荡起了一波又一波思春的涟漪。年轻的身体，充斥着旺盛的荷尔蒙，她们需要被打开。

杜鹃虽嘴上说，她不想恋爱，更不想结婚，她要为舞蹈去做梦，但她也是个凡人，面对着潇洒倜傥的白杨，她的心悸动了。她和其他女孩子一样，希望白杨出现，看到他青春的身影。有一段时间，她们在练功房里排练舞蹈。走廊一响起脚步声，都不由自主地去侧目，盼望着白杨的身影出现。

白杨果然时不时地会出现在她们的练功厅里。白杨每次出现，军装穿得很整齐，手里拿着一个日记本，本里夹着一支钢笔。他是文工团的干事，他出现在文工团的各个角落，都是名正言顺的。

白杨每次出现在排练厅，舞蹈队长就过来报告道：白干事，舞蹈队正在排练，请指示。

白杨并不指示什么，只是微笑着，从记事本里抽出钢笔，就像拿了支指挥棍，冲女孩子们那么一划，嘴里轻说一句：继续！

舞蹈队就继续了。

二十出头的女孩子，又是跳舞的女孩子，身体在练功服里显得说不出来的美好，凹凸紧凑。白杨自然看得心潮澎湃，他的目光一直在追随着杜鹃。有几次，他的目光和杜鹃的目光相遇了，总是杜鹃的目光先行离开。除了杜鹃的目光，还有许多其他女孩子投过来的热烈大胆的目光，当然，也包括大梅的。

白杨一出现在练功厅，女孩子们就活跃起来，单调的练功也变得兴趣盎然，她们的动作一下子就做到位了，浑身充满了能量，这也是舞蹈队长最省心的时刻。她冲排练的队员说：好，非常好。郑小西你这个转体很漂亮，要保持……

白杨微笑着看着青春向上的身体在他眼前舞蹈，有时在小本上记几笔，有时什么也不记。停了一会，又停了一会儿，他的目光用力地在杜鹃身影上停留一下，再停留一下，然后就走了。

随着门外白杨的脚步声远去,女孩子们的动作就不那么到位了。 舞蹈队长就大声喊:大梅,你怎么回事,这个动作都做八百回了,怎么又不对?

队长还喊:郑小西,刚才那个转体明明很漂亮,怎么又拖泥带水了……

那天下午,杜鹃从练功厅里出来去洗手间,在走廊里碰上了迎面走来的白杨。 她下意识地躲开,身体贴着墙壁向前走。白杨过来,似乎并没有看她。 两人交错时,白杨突然小声说:晚饭后我在操场边的小树林等你。

白杨说完径直向前走去。

杜鹃怔在那里,她突然感到浑身无力,白杨的话让她疑似幻觉,可白杨的身影分明就在她眼前。

从午后到傍晚这段时间里,她一直恍惚着,白杨的话一直在她耳边响起。 排练时,她几次走神,害得队长一次次纠正她的动作要领。

吃过晚饭,她和大梅一起回到宿舍。 晚饭后到上晚课还有一个多小时的时间,这是队员们休息放松的时间。 有人写信,也会有人串宿舍聊天。

杜鹃心里有事,回到宿舍,她在桌上拿起昨天写好的一封家信放在口袋里往外就走。

大梅喊她:干吗去?

杜鹃头也不回地:我去寄封信。

说完她快步走去,生怕大梅会跟上来。

大梅疑惑地望着杜鹃走去,杜鹃有些异常,在平时外出寄信或办事，一定是两个人同出同进，今天的杜鹃生怕大梅跟上来，这不能不引起大梅的疑惑。

杜鹃出现在小树林时，白杨已经到了。此时正是夕阳西下的时候，夕阳斑驳地斜洒进林间，明明暗暗的。白杨倚在一棵树上，他手捧一本诗集。

杜鹃回头看了一眼，并没有人跟着她，才向白杨走过来。

白杨收起诗集，歪着头打量着走来的杜鹃。

杜鹃站在白杨面前，一张脸汗津津的。

杜鹃扬起头，心跳加快，她吁吁地：白干事，我来了。

白杨把诗集合上，背在身后，领导似的说：杜鹃，你的档案，我看了，父母都是教师。

杜鹃低下头"嗯"了一声。

白杨说：教师很好。

杜鹃又"嗯"了一声。

白杨又说：杜鹃，你现在已经是军官了，以后有什么打算？

杜鹃立正，挺起胸汇报道：我努力训练，争取做一个合格的文工团员。

白杨望着认真又天真的杜鹃笑了。

杜鹃看着白杨一副不知如何是好的样子。

白杨甩了下头发：今天我找你来，不是听你汇报思想的。

杜鹃咬着嘴唇，无邪地望着白杨。

白杨说：咱们散散步吧。

白杨说完向林地里走去，杜鹃跟上。

白杨望着树林：知道我为什么叫白杨么？

杜鹃摇摇头。

白杨一笑：我出生时，正是杨树飘絮的时候，我妈就给我起了这个名字。

杜鹃听了，笑了一下。

白杨又说：喜欢听我朗诵的诗么？

杜鹃没说话，却点点头。

白杨把手里的诗集递给杜鹃。

杜鹃不解地望着白杨。

白杨把诗集塞给杜鹃，杜鹃只好接过来。白杨补充道：送给你的。

杜鹃打开诗集的扉页，上面白杨写了一行字：杜鹃共勉。白杨。

她脸红心热地合上书，望着白杨。

白杨又是一笑：希望你以后也会朗诵诗。

杜鹃听到了自己的心跳。

那天傍晚，杜鹃脸红心跳地陪白杨在树林里说了会儿话。后来她就往回走了，诗集捧在胸前。她回到文工团门口时，看见大梅正站在门口等她。她把诗集藏在身后向大梅走去。

林斌

林斌找杜鹃的电话，打到了舞蹈队。

舞蹈队宿舍走廊里有一部公用电话，电话是大梅接的，一个男人礼貌地说：请帮我找下杜鹃。

大梅怔了一下，听声音有些熟，她下意识地问了一句：请问你是哪位？ 对方答：作战部林参谋。

大梅一下子就想到了林斌。

杜鹃出去接电话时，大梅意味深长地冲杜鹃笑了笑。

这是周六的晚上，走廊里的人进进出出，杜鹃接完电话很快就回来了。

大梅故意问杜鹃：是林参谋的电话吧？

杜鹃点了点头。

大梅又进一步地：他要和你约会吧？

杜鹃平静地：我不想去，排练的舞蹈还有一组动作还不太熟，明天我想再抠抠细节。

大梅放下手里的书：有男人约会干吗不去。

杜鹃笑笑。

接电话前，杜鹃正伏在桌前给父母写信，此时，她重新坐在桌子前，提笔写信。

大梅在杜鹃身后说：听说林斌的父亲是刚退休的林副司令呢。

杜鹃停下笔，轻轻地说：我听说过。

大梅：林斌立过功，父亲又是老首长，他根红苗正，将来一定大有前途。

杜鹃扭过身子：他明天上午九点约我去南湖公园。

大梅：你答应了？

杜鹃：走廊人太多，我没好意思拒绝。

大梅吐了下舌头：那不还是答应了么？

杜鹃：我明天一早要去练功，那就麻烦你去一下，帮我回了吧，就说我没时间。

大梅又重新拿起书，遮住脸：开玩笑，人家约的是你，又不是我。

此后，两人无语。

大梅虽然做出看书的样子，心思却不在书上。她有些嫉妒杜鹃，白杨和林斌都喜欢杜鹃。在女孩子眼里，这两个男人不论条件还是长相，都是优中选优，只有他们选择女孩子的份，女孩子是不会拒绝的。俗话说，过这个村就没这个店了。

半晌，大梅幽幽地问：你拒绝林斌，那你答应白杨了？

杜鹃信写完了，正在往信封里装写好的家信，见大梅这么问便答：怎么可能，咱们刚提干，还这么年轻，这几年不抓紧跳舞，以后想跳也没机会了。

大梅冲杜鹃的背影又意味深长地笑了一次。

第二天大梅一早醒来，杜鹃已经不在宿舍了。她的床头柜上留有一张杜鹃的纸条：我去练功了，大梅你辛苦一趟，告诉林斌，别让人家等。 求你了。

大梅看过杜鹃留下的纸条，无奈又不解地摇了摇头。 她不理解，杜鹃为什么把跳舞看得这么重要。 当初大梅来舞蹈队当学员，她最大的理想就是通过跳舞留在部队提干，不仅是大梅这么想，大部分人都是这么想的。 就连她们的父母都对她们说：跳舞吃的是青春饭，不能干一辈子，要给自己留后路。

她们提干了，已经是军官了。 后路已经留好了，舞跳成什么样已经不重要了。

大梅在九点懒散地出现在南湖公园门口，林斌在那里已经把自己站成一棵树了。

林斌没能等来杜鹃，却看到了大梅。

大梅把杜鹃留给她的纸条递给林斌。 林斌看后一脸的失望。 他又把纸条还给大梅：辛苦你了，让你跑一趟。

林斌说完转身就要往回走。

大梅看到三三两两的青年男女走进公园门口，又抬头望望天道：林参谋，天这么好，都出来了，要不你陪我进去转一转？

走了两步的林斌立住脚，停了一下，径直奔售票处走去。

周日的公园人很多，有遛弯锻炼的老人，也有一家老小出游的，见得最多的还是青年恋人。 男的牵了女的手幸福地走在阳光很好的公园里。

林斌和大梅都穿着军装，青年男女军官走在一起，很般配的样子，一路引来许多人的目光。 大梅用目光去偷瞟走在身旁的林斌。 林斌一副不苟言笑的样子。

大梅：林参谋，你不想和我说点什么？

林斌见大梅开口了便问：杜鹃要练功，你怎么没去？

大梅笑了：我和杜鹃可不一样，她把跳舞当成了事业，我只把跳舞当成个跳板。谁也不能跳一辈子舞。

林斌沉默了。郁郁地走在大梅身边。

大梅说：你和白杨都在追求杜鹃，我告诉你没戏。

林斌立住脚认真地望着大梅。

大梅：杜鹃说了，她现在不想谈恋爱，更不想结婚。她要跳舞，和舞蹈结婚。

大梅说完响亮地笑了起来。

林斌：这是她说的？

大梅挑下眉毛：当然了，如果她想谈恋爱，今天能不出来么？

大梅说到这意识到把自己绕进去了，红了脸。

两人暂时无话。

他们漫无目的地走到了湖边码头旁，那里排了许多青年男女等待划船。售票口就在眼前，售票口玻璃窗上写着"军人优先"几个字。

大梅跑过去，拿出钱买了两张票，冲林斌说：反正都出来了，陪我划船吧，军人优先呢。

说完拉起林斌不由分说，向队前挤过去。

湖面上，林斌在一桨一桨地划着船，大梅在冲林斌说着家史：我吧，从小就喜欢军人，梦想着当兵。在我们老家没权没路子，根本当不上兵，更别说女兵了。我哥就想当兵，报了两年名，体检也合格了，到发录取通知书时却没我哥的份，后来我哥接了我妈的班，去工厂当工人了。我要不是因为跳舞被选中，做梦都别想跨进部队这个门槛。

林斌望着被船桨搅动起的湖水发呆。

大梅仍喋喋不休地说着：我们可不能和你们比，从小就生在部队，父亲又是高干，就是自己不努力，将来也不会差。

林斌扭过头：我从当兵、提干、立功，可没让我爸帮忙。

大梅：那是你林参谋，白干事要是没有父母帮忙，他能从边防部队调到我们文工团？

林斌望着湖面：我不评价白杨。

大梅又咯咯地笑了起来，她的笑声在湖面扩散着，引来其他船上的男女的目光。林斌加快速度向前划去。

太阳偏西了，林斌和大梅从公园大门走了出来。

大梅立住脚，半仰起头望着林斌道：谢谢你陪我玩了大半天。

说完伸出手去，林斌犹豫一下，握住了大梅的手，软软的肉肉的女孩子的手，让林斌的心动了一下。两只手分开的一刹那，大梅故意弯了指头，在林斌的手心里划了一下，大梅冲林斌眨了下眼睛，说了句：谢了林参谋。

说完转过身，噔噔地向前走去。虽然大梅不如杜鹃纤细，但毕竟是跳舞的女孩子，身材匀称，一双挺拔饱满的腿，走在人群中，是那么的卓尔不群。大梅的手指在林斌掌心划过的感觉，久久不散。

这是林斌第一次这么近距离地接触女孩子。别样的感觉，让林斌的每颗细胞都苏醒过来。

大梅回到文工团宿舍时，杜鹃正倚在床上读白杨送给她的那本诗集。

　　大梅一进门疲惫又兴奋地躺在床上，把皮鞋甩在地上，惊天动地地说：妈呀，累死我了。

　　杜鹃把诗集放在胸口上：你怎么这么晚才回来？

　　大梅：我去逛公园了。

　　杜鹃：你一个人逛有什么意思？

　　大梅冲杜鹃灿烂地笑了，她没再回答杜鹃的话。

大梅

在大梅的眼里，白杨和林斌都是可以托付的两个人。

白杨青春洋溢，热情潇洒，幽默风趣，在他眼里没有可以在乎的事情，况且父亲作为宣传部长，正如日中天。任何一个女孩子，都会把白杨作为首选的追求对象。

林斌稳重大方，成熟干练，还不到三十岁，就已经立功受奖，以正连职参谋的身份留在了军区机关工作，未来的前途将不可限量。父亲虽然退休了，但毕竟任过军区副司令，瘦死的骆驼比马大，深厚的家庭背景让林斌的未来充满了期待。

大梅作为普通工人家庭长大的孩子，天生对高干子弟充满了敬畏，也多少有些嫉妒的成分。因为舞蹈让她参军，又顺利提干，成为军区文工团的舞蹈演员。大梅自认为自己虽然生得不是国色天香，但一个舞蹈演员的气质，让一个青春女孩子很容易脱颖而出。她自从来到军区文工团，从当学员开始，到一天天长大，她从那些男兵和男军官望着她们这群女孩子的眼神中，充分地感受到了自己的价值。

大梅需要这样的价值。她出生于普通人家，父母都是工人，哥哥姐姐既没能保送上大学，也没门没路子当兵，命运的安排，让他们只能成为平凡的普通人。自己如果不是因为从小在少年宫里练舞蹈，斗大的幸运雨点也不会落在自己的身上。她庆幸自己，命运发生了改变。在她家里，还有家乡那座小城，她的奇遇，已成为神话，被认识不认识的人传颂着。

大梅已经二十出头了，到了恋爱的年龄，她要走好人生的第二步，选择好自己的婚姻。大梅无论如何不会把跳舞当成事业，跳舞的女孩吃的是青春饭，总有一天会告别青春靓丽的舞台，过平常人的日子。大梅珍惜青春，珍惜尚有资本的身体，她要在自己最靓丽的年华里嫁个衣食无忧有前途有背景的男人。对她来说，这才是人生的一件永恒大事。

她和文工团许多女孩子一样，都暗恋着白杨，从白杨调到文工团那天开始，她们这些情窦初开的女孩子们，眼前都为之一亮。文工团不缺少帅哥，那些大男孩和她们同样是各种演员。这些男孩对大梅并没有吸引力，因为他们和自己一样，是吃青春饭的，离开舞台，他们将一无是处。文工团在白杨没来之前，大都是年龄偏大的军官。他们早已有了家室，一天到晚板着军官的脸，日子过得死气沉沉的。

白杨的到来，让文工团的女孩子炸开了锅，她们在一段时间里，都在传说着白杨的各种小道消息。白杨的个人经历，还有他的家庭背景。大梅就是在这些小道消息中，了解到白杨各种信息的。

白杨：二十五岁，生于5月23日。在边防连队当过战士，后入党、提干。

父亲：宣传部的白部长。坊间流传，白部长马上晋升，即将调到军里担任副政委。

母亲：军区机关门诊部的吴主任。以前做过军医，据说医术高明。现在经常带着医疗小组去各种首长家做医疗保健，深得军区首长的喜欢。

种种消息，让白杨在女孩子心目中炙手可热，这么优秀的一个男人，女孩子如果还挑三拣四，一定是脑子有毛病。

在大梅眼里，杜鹃就是脑子有毛病的人。

白杨对杜鹃情有独钟，最愚钝的女孩也能看出端倪，可杜鹃却不为所动，就像没事人似的，睁着一双无辜的眼睛打量着白杨和这个世界。

因为杜鹃，白杨现在每天正课时间，拿着日记本，夹着钢笔，他都会在舞蹈队的练功房里呆上一阵子。

女孩子们在练功，他就坐在一旁的小木凳上，那是队长经常坐的位置。白杨一来，他代表的是文工团机关领导，队长只好站起来，不断大声地纠正着她们训练的动作。队长严厉认真，她们这些女孩子因有白杨在场，动作也做得标准卖力，有一双异性的目光在她们身体上扫来扫去，她们感到舒畅亢奋。

有时一堂课，不知不觉就过来了。休息的时候，女孩子们有的擦汗，有的在喝水，她们做所有的一切都不再那么随意和大大咧咧，而是努力依旧摆出跳舞的优美姿势，或倚或靠，总之，她们此时在白杨眼里，一个个都变成了淑女。

队长走到白杨面前，一脸感激地说：白干事，以后还要经常来指导工作呀。

白杨淡淡地笑一笑，他的目光越过队长的肩头去望杜鹃。杜鹃背对着白杨，亭亭地立在窗前，她的目光望向空荡荡的操场。

白杨收回目光望着队长道：张队长，麻烦你让杜鹃到我办公室来一趟。

张队长意识到了，微笑着说：好的，你要多鼓励她跳舞，她可是个好苗子。

白杨微笑着冲队长点点头转身离去了。

白杨是小声和队长交代的，队长走到杜鹃身旁公事公办地说：杜鹃，白干事找你有事要谈，他在办公室等你。

许多休息的女孩子都听到了，当然也包括大梅。

杜鹃转过身，冲队长：是！

她把擦汗的毛巾搭在肩上，穿着练功服向门口走去。杜鹃在羡慕又嫉妒的目光包围中，走出练舞。

郑小西冲大梅说：打着公事的幌子又去谈恋爱，谁不知道哇。

众人也小声地议论着，队长转过身大声地喊：不要瞎议论，杜鹃不可能谈恋爱。排练了。

女孩子们又齐齐地站在队长面前。

杜鹃在白杨办公室门口喊了一声报告便进来了，湿湿地站在白杨面前。白杨灿烂地冲杜鹃：请坐。

他还起身为杜鹃倒了杯白水，放到杜鹃面前。

杜鹃一脸无辜地望着白杨：白干事，是我练得不够好，你要批评我么？

白杨痞痞地看了眼杜鹃，坐在桌对面的椅子上：杜鹃，写过入党申请书么？

杜鹃立起来汇报道：报告白干事，写过几次，都交给我们的张队长了。

白杨摆摆手,杜鹃又坐下了。

白杨就又说:杜鹃你要进步,光提干不行,还要入党,政治不积极,思想有问题。

杜鹃又立了起来,立正道:是,白干事。

白杨也正经起来:这样吧,晚饭后,我在军区院门口等你,我要找你谈一谈。

杜鹃犹豫了一下,白杨直视着杜鹃。杜鹃小声地说:知道了,白干事。

白杨:你要积极向组织靠拢。

杜鹃又说了声:是!

杜鹃走了,白杨想起杜鹃的样子,捂着肚子笑得蹲在了地上。

杜鹃回到练功房,大梅还是明知故问地问了杜鹃。

杜鹃一脸天真地说:白干事找我谈入党的事。

大梅当然明白,白杨这是以工作名义在变相地追求杜鹃。

以组织的名义

在军区大院门口,白杨扶着自行车,歪着头在等款款走出来的杜鹃。

杜鹃身穿军装,走到白杨面前不解地问:白干事,咱们这是要去哪呀?

白杨一甩头,跨上自行车,双脚拖在地面上,用不容置疑的口气道:上车。

杜鹃犹豫一下,一蹦还是坐到车架上。 白杨一用力,自行车箭一样地向前蹿去。

白杨快速地在马路上的车流人流里穿行,吓得杜鹃下意识地抱住了白杨的腰,嘴里发出尖叫。 杜鹃的叫声,让白杨车速更快,并不时地打着车铃,在人群和车流里左冲右突,杜鹃死死地抱住白杨的腰,她甚至闭上眼睛,把脸贴在白杨的后背上。 她无法回避地嗅到了白杨身体的气味,这是一个青春男人的味道,她还是第一次如此近距离地靠近男人,雄性的味道让她在一瞬间有些迷离。 在迷离中,白杨突然刹住了车,她清醒过来,从车上跳了下来。

这是一家露天旱冰场,许多青年男女欢叫着在玩着旱冰,旱冰鞋的轮子与地面摩擦声音发出隆隆的巨响。

溜旱冰在当年是时尚男女最喜欢的一种运动。刺激又富有激情。男女的叫喊声和旱冰轮的摩擦声，发出巨大的轰鸣，营造出了一种魔幻的氛围。

杜鹃当学员那会儿，出于好奇，她和大梅等人曾到这里来过，虽然没有学会溜旱冰，但也算多少有所了解。

白杨已经在售票处租来了两双旱冰鞋，把其中一双扔到杜鹃眼前，自己则蹲在一旁开始穿鞋。

杜鹃小声又胆怯地问：白干事，咱们这是干什么？

白杨蹲在地上一边穿鞋一边说：这是党课活动，与民同乐。

说完白杨已经换好了鞋。

杜鹃还缩手缩脚地站在原地。

白杨把杜鹃的旱冰鞋提在手上，牵着杜鹃的手坐到一个水泥台上，一边帮杜鹃穿鞋，一边说：你不是写入党申请书了么，下面就该上党课了。

杜鹃：党课怎么上到这来了？

白杨已经站了起来：娱乐也是党课之一。

他把手伸给杜鹃，目光是不容置疑的，杜鹃犹豫着还是把一只手递给了白杨，由白杨带着杜鹃滑向了旱冰场。尖叫的轰鸣声立刻把他们淹没了。

晚上的旱冰场，灯光齐亮，霓虹灯闪烁着。旱冰场外，两只音箱放着节奏强劲的音乐，置身在这种气氛中，任何人都身不由己了。

对于溜旱冰，杜鹃只能说是个初学者，她跌跌撞撞地被白杨牵着手，随着节奏和音乐，绕着场地滑行着。渐渐地，白杨的带行速度在加快，杜鹃也不由得加快速度，她的样子似乎要飞了起来，叫声轰鸣声音乐声在她耳畔掠过。恐惧和刺激让她惊叫连连，她体会到了一种从未有过的快感，这种快感让她忘记一切，只想随着白杨飞翔，她闭上了眼睛，白杨就是眼睛，她任由白杨带着。她从来没有想到过，溜旱冰还能让她有了一种如此美妙的感觉。霓虹灯五彩斑斓的颜色透过眼帘不停地变换着，让她在一瞬间，有如置身在仙境，她一时不知身在何处。

不知何时，自己已经停了下来，她仍闭着眼睛，体会着如梦如仙的境界，突然一张湿湿的嘴吻了她。她突然睁开眼睛，看见白杨正把她抵在旱冰场的护栏上，托起她的脸，正深情地吻她。

她惊叫一声，一把推开白杨，下意识地去摸自己的嘴。她的头发已经被汗水浸湿了，一缕一缕地搭在她的额前。心脏骤然狂跳着，白杨湿湿的唇印，仿佛依旧在嘴边。她脸红心跳地望着白杨。

白杨在她不远处一脸坏坏地冲她笑着，转瞬，白杨又过来，试图去牵她的手，她几乎要哭出来，冲白杨：你怎么这样？她的声音很小，被音乐和人声淹没了。白杨大声地问：你说什么？

她突然流出了眼泪，她自己也不知道为何在这时会哭出来。手已经不由分说被白杨又一次牵在手里，她的身体只能任人流裹挟着向前飞去。在剩下的时间里，她觉得自己身体软软的，任由白杨摆布。白杨没再和她说话，她一句话也没说。

回来的路上，白杨依旧把自行车骑得飞快，街上的车流人流比来时少了许多。她依旧害怕，这次她并没有去搂白杨的腰，而是伸出拇指和食指紧紧捏住白杨的后衣襟，死死地捏着，仿佛抓住了救命稻草。

白杨把车停在文工团宿舍楼下时，熄灯号还没有吹响，各宿舍房间里透出灯光。她跳下自行车头也没回向宿舍楼里跑去。

白杨在她身后喊了一声：杜鹃再见！

她没和他道再见，头也不回一个劲向前跑，上楼，再上楼，她一头闯进宿舍。

大梅已经洗漱完毕，正坐在桌前对着镜子往脸上贴着黄瓜片，切好的黄瓜片放在桌子上，大梅正左一片右一片地往脸上贴着。

杜鹃闯进宿舍，一下子躺在床上，衣服都没有脱。她觉得一点力气也没有了，就像一条被捕到岸上的鱼。

大梅一脸黄瓜片地盯着她。

杜鹃到现在脑子里还是空的，嘴上那种湿湿的感觉还在，让她到现在还有喘不上气来的感觉。

大梅一片片地把黄瓜从脸上拿下来，攥在手里，她的目光一直没有离开杜鹃的脸。她一字一顿地问：杜鹃，告诉我，白杨怎么你了？

杜鹃似乎没有听见大梅的话，木木地望着天棚。

大梅上前摇晃着杜鹃：杜鹃，你没事吧，你怎么了？

杜鹃在大梅的摇晃中，渐渐回过神来，她冷不丁坐起来说了句：我该去洗漱了。

说完弯腰从床下拿起脸盆，快速地走出去。 洗漱完回来的杜鹃已经冷静下来，不知为什么，她还哼起了歌。

大梅一直审视地望着她。

悠长的熄灯号响了起来。 所有房间的灯，次第熄了。

杜鹃脱衣上床，大梅已经钻到了被子里，她坐在床上，在黑暗中仍然审视研究着反常的杜鹃。

杜鹃放松地躺在床上，莫名的兴奋仍没在她身上消退。 她仍沉浸在那种飞翔的感觉中。

大梅冲着黑暗朦胧中的杜鹃说：要是白杨欺负你，咱们找团长、政委去告他。

杜鹃软软地说：白杨今晚带我去搞组织活动了。

大梅探过头：什么组织活动要大晚上出去搞。

杜鹃在黑暗中哑然笑了一下。 这是她的秘密，她不会去告诉大梅。 这在以前从没有过，以前，她们之间没有秘密，她们是无话不说的好闺蜜。 此时却不同了。

大梅见杜鹃没了下文，咚的一声躺到了床上。

那晚，杜鹃许久也没能睡着，她失眠了。 这是有生以来，她的第一次失眠。 她回味着今天晚上和白杨在一起时的每一个细节，最后定格在那湿湿的一吻中。 她迷离地回味着那深深的一吻。 她把手指放在唇上。 那种感觉犹在。

杜鹃也说不清，自己这一切到底是怎么了。

大梅的第一封情书

大梅第一次写情书。

她的情书分别写给两个人。一个是白杨，另一个是林斌。

大梅要抓住属于自己的爱情，青春短暂。属于每个人的大好青春也就那么几年好时光。白杨和林斌在她眼里都是优秀男人，两个人不论嫁给谁，未来的日子都会夫贵妻荣。大梅不想再回到入伍前那座小县城了。参军是为了改变自己的命运，她要用自己的爱情去赌明天。

两封情书是通过邮局寄出去的。在等待情书分别到达白杨和林斌手上那两天时间里，大梅兴奋又焦虑。她一遍遍向杜鹃询问着白杨。她坚信，白杨和杜鹃几次交往过程中，一定会有细节。她希望通过这些细节判断杜鹃的态度。杜鹃对白杨的态度决定着她和白杨的可能性。

不知是什么原因，大梅在杜鹃嘴里并没有听到任何细节，大梅每次问话时，杜鹃总是躲开大梅的目光，轻轻淡淡地说：白杨带我去过党日了。

大梅当然不相信杜鹃的话，她发现自从那晚杜鹃回来后，人和以前不一样了，似乎多了些心事，没事就坐在桌前或躺在床上发呆,一脸暧昧恍惚。 大梅从杜鹃那里没问出什么,她开始专心等待两封情书的反应。

虽然是两封情书,但意思却是一个,那就是大胆表白自己的爱意,在信的结尾,大梅还摘录了两句爱情诗:

你爱,或者不爱我,爱就在那里,不增不减。
你跟,或者不跟我,我的手就在你手里,不舍不弃。

她觉得这两句诗恰到好处地反应了她此时的心情。

那几天,她一面留意着白杨的变化,又紧张谛听着宿舍走廊里的电话铃声,只要一有电话,她第一个冲出去,抓起电话,压低声音,努力让自己的声音变甜:你好,这里是舞蹈队宿舍……

结果一次又一次,她并没有等来林斌或者白杨的电话。

她现在每天依旧能见到白杨几次。 白杨手拿日记本,迈着潇洒的步伐,行走在各个排练场里,不知为什么,这几天,白杨很少到舞蹈队训练场来了。 有时路过,他站在门口向里面瞥一眼,目光一定落在杜鹃身上,还没等她们反应过来,白杨潇洒的身影已走进另外一个排练场了。

有一次,大梅在走廊里迎面碰见白杨,她心咚咚地跳着,但还是直视着白杨走出去,她颤声和白杨打招呼:你好……

白杨点了一下头,用手捋了一下搭在额前的头发,似乎冲她笑了一下,又似乎没笑,就那么匆匆走过去了。

她立住脚,望着白杨消失在楼道某个房间的背影,心一下子冷了。 依据信寄出去的时间,白杨早就该收到她的信了。

是白杨没读她的信，或者看了压根没把她当回事？无论是何种结果，事实只有一个，那就是白杨压根没把她的情书当回事。

大梅的心彻底冷了。她现在唯一的希望就是等待林斌的召唤了。只要一回到宿舍，她的一根神经都会紧张起来，谛听着走廊里的电话铃声，或者楼道里人喊：大梅，电话。

时间一天天过去了，让她失望的是，她并没有等来林斌的电话。一天中午，她在宿舍午休，迷迷糊糊刚要睡去，走廊里突然传来电话铃声，她起床，一个箭步冲出去，她拿起电话，还没开口，一个男人的声音传过来：你好，麻烦找下杜鹃接电话。

她失望地把电话放到桌子上，走回宿舍，冲迷糊着的杜鹃道：你的电话。

杜鹃不紧不慢地出门去接电话，刚躺在床上的大梅反应过来，刚才电话里那个男人就是林斌。她曾接过林斌的电话，没错，就是林斌打来的。

杜鹃已经回来了，她像什么事也没发生似的，又重新躺回到床上。大梅瞪大眼睛问杜鹃：是林斌吧？

杜鹃点点头。

大梅的目光变成了疑问在杜鹃脸上扫来扫去。

杜鹃把被子蒙在头上，嘀咕句：烦死了。

大梅冷了一半的心彻底凉了下来，她无力地躺在床上，两个男人都在喜欢着杜鹃，自己的求爱信如同泥牛入海。她望了眼蒙上头的杜鹃，她有些恨她了。

林斌家的晚宴

林斌给杜鹃打电话,是约她晚上去家里吃饭。

当下杜鹃回绝了,回绝的理由是:她晚上还有排练。

林斌又说:我已经帮你向张队长请假了。

杜鹃举着电话,一时无语。

林斌最后又补充一句:晚上张队长也来我家。

杜鹃彻底无话可说了。

请杜鹃来家里晚宴,是林斌的母亲一手策划的。

三十岁的林斌,立功受奖,又被调到了军区,以前林斌在基层带兵,做母亲的觉得儿子还小。现在林斌调回到军区工作,每天吃住在家里,母亲突然觉得儿子一下子就大了。大哥二哥都在战场上牺牲了,林斌是家里唯一的儿子了。她把所有对儿子的希望都寄托在了林斌的身上。包括恋爱,她要让唯一的儿子幸福。

林斌的母亲没离休前,在军区文工团当过政委。年轻那会儿,虽不是搞文艺的,但在文工团也受过吹拉弹唱的熏陶,心态也是年轻的。

她不断地催促林斌谈女朋友,并希望早日延续林家的香火。林斌就委婉地告诉母亲，自己喜欢上了文工团舞蹈队的杜鹃。

老政委一个电话打到文工团新政委那里，刨根问底地把杜鹃了解了个遍，当即拍板道：我了解了，杜鹃家庭不错，父母都是老师，个人事业上也努力，她还是舞蹈队的标兵呢。

母亲逼着林斌给杜鹃打电话，约请来家里吃饭，为了避免第一次杜鹃尴尬，同时又给舞蹈队的队长打了个电话，约队长一同来。

傍晚时分，张队长带着杜鹃出现在军区副司令的小白楼前。门口有哨兵站岗，小白楼前的院子里种了几株葡萄。枝蔓正茂盛地在架上爬着，院子的边角还种了许多通俗的花草，也姹紫嫣红地开着。

张队长就扯了扯杜鹃的衣襟道：这就是林副司令的家，你不用怕，马阿姨当过咱们的政委，人可好了。

马政委就是林斌的母亲。

杜鹃走进林副司令家时，炊事员已经把饭菜做好了，热闹地摆在餐厅的桌子上。

马政委上下打量着进门的杜鹃，林斌站在母亲身后。见杜鹃有些紧张和局促，马政委热情地笑了，拉过杜鹃的手，一直把她拉到餐桌前，坐下，同时也招呼张队长坐在她的身边。张队长在马政委当政委时，才只是个学员，级别和资历与马政委相比，差距十万八千里。此时，在老政委面前只有毕恭毕敬的份。她一面劝着杜鹃：别紧张，老政委人可好了。她自己的声音已经打颤了。

马政委一家之主地冲林斌：小斌，叫你爸下楼吃饭。

林副司令已经出现在楼梯上,声音洪亮地说:来客人了,欢迎。

林副司令是个高大的男人,虽说退休了,身体依旧硬朗,他几步走到餐桌前,拉过椅子坐下,冲杜鹃和张队长点了下头道:你们好,别客气,吃吧。

行伍出身的林副司令,一辈子都改不了军人的风格,人坐下便开吃,没有一句废话。

林斌坐在杜鹃的对面,杜鹃一直低着头,一副不自在的样子。

马政委不停地给杜鹃和张队长夹菜,一边热情地劝着:吃菜呀,来,孩子,多吃点。

一张饭桌上,只有马政委一人热情地张罗,她还不停地询问一下最近文工团的演出和排练。 张队长一一答了。

马政委就张口闭口地说,我在文工团当政委那会这样或那样。

张队长把笑刻在脸上,不停地应和着,介绍杜鹃如何钻研舞蹈艺术,把跳舞当成了生命。

马政委却轻描淡写地听着,最后说:女孩子跳舞又不能当饭吃,谁也跳不了一辈子。

张队长和杜鹃听了这话,热情就减了下来。

一顿饭总算是吃完了。 林副司令抹了嘴巴,大手一挥道:你们说话,我出去散步了。

说完向外走去,警卫员早就等在门口了,见首长出来,寸步不离地跟上。

张队长也含蓄着告辞了。

客厅里只剩下林斌、杜鹃和马政委三个人了。

马政委牵着杜鹃的手坐在沙发上，一边看着杜鹃，一边点头道：不错，懂礼貌，一看就有家教。

杜鹃一直低着头。

马政委看眼坐在对面的林斌，林斌不看母亲，只望杜鹃。

马政委又一次热络地把杜鹃揽在怀里道：闺女，请你到家里来，我们都认识了，觉得我们家咋样？

杜鹃抬了下头，瞟了眼林斌，又捎带着扫了一下这小楼里的客厅，低低说了句：好。

马政委又道：林斌，你也认识了。你要是同意就和我们家小斌处一处。放心，只要你过门，我们不会亏待你。在生活上，还有工作上有什么想法你就提出来，我保证安排让你满意。

马政委把话说到这个份上，杜鹃无论如何也坐不下去了。她站起来，冲马政委道：首长，我还年轻，不想那么早结婚，我还要跳舞呢。

马政委就说：这跳舞和结婚也不矛盾，没说结婚不让你跳舞。

杜鹃红头涨脸地说：老政委，我该去排练了。

马政委也站起来道：那好，有空常来家里坐，小斌送送杜鹃。

杜鹃慌张地冲马政委敬个礼，一直走出小白楼的大门，杜鹃才放松下来。林斌走在她的身边，见杜鹃不说话，林斌就说：我妈就这样，你别在意呀。

杜鹃笑一笑，也小声地说：首长挺好的。

不一会,两人来到文工团楼下。杜鹃立住脚,望着林斌:林参谋,谢谢你的邀请,再见!

说完向楼门走去。

林斌招下手道:常来家里玩呀。

一直到杜鹃的身影消失在楼道里,林斌才转身往回走。

杜鹃从林斌家回来那晚,张队长把杜鹃叫到自己办公室,担心地问杜鹃:你真的要和林斌谈恋爱?

杜鹃低下头,又抬起来摇了摇道:队长,我想跳舞,不想结婚。我要像你一样,做一个真正的舞者。

张队长望着杜鹃放松下来:杜鹃,你是跳舞的好苗子,这辈子结婚也应该和舞蹈结婚。

杜鹃望着张队长重重地点了点头。

在杜鹃的心中,张队长是她的偶像。张队长三十大几了,一直未婚。她是全军舞蹈标兵,各种奖状贴满了宿舍。张队长把自己的生命献给了舞蹈。她也这么要求她的队员。

杜鹃和大梅

杜鹃去林副司令家做客的消息还是不胫而走了。

许多女孩子都在私下议论，林家看上了杜鹃，要娶杜鹃做儿媳妇了。

从林家回来那天晚上，杜鹃就把去林斌家的经过对大梅说了。事后她自己也吃惊，她去林家的事她自己压根没有当成一种隐私，相反，白杨以组织活动的名义亲了她，却成了她心底里最大的秘密。

杜鹃把去林斌家当成了一堂训练课那样轻松地对大梅说了，大梅饶有兴趣的样子，打问了林斌的父母，又问了家里的摆设，甚至连林斌的炊事员和警卫员都问到了，生怕漏掉一个细节。

杜鹃却说不出更多细节，甚至当晚吃了什么，喝了什么，她也记不住了。大梅就数落杜鹃道：你是真傻呀，还是装傻呀。

杜鹃睁着一双无辜的眼睛道：本来么，人家一直低头来着，要不你去问张队长吧。她可一直陪着说话来着。

大梅突然对林斌家的一切充满了强烈的好奇。

军区家属院后侧有一排模样相同的小白楼，住着军区首长。 那里有警卫，平时还有流动哨。 外人很少往那里走动，一是因为有卫兵盘查，二是外人很少有理由去首长住处。 文工团做义务劳动时，在家属区打扫过卫生，她们也只是远远地往首长住处的小白楼方向看了看，也就是看看而已。 那里幽深空静，很少有人出入。

大梅对林斌的家事感兴趣，完全出于本能。 她给林斌的信，石沉大海，白杨也跟没事人似的，似乎从没收到过她的信。 这种冷落，让大梅深受打击。 那天夜里，大梅失眠了。 论长相论业务能力，自认为不比杜鹃差多少，杜鹃一下子有两个男人喜欢，而自己投怀送抱，两个男人却对自己置若罔闻。 大梅越想心里越过不去这个坎，她在床上辗转反侧，久久不能入睡。 她听着杜鹃已经熟睡，还打起了轻鼾，她索性披衣坐了起来，蒙眬中看着对面床上的杜鹃。 她下床，坐在杜鹃床旁，拧开台灯，伸手把杜鹃摇醒。

杜鹃蒙眬着睁开眼睛见是大梅，嘀咕句：大梅你要干什么，都几点了，还不睡。

大梅：我睡不着，你陪我说会话。

杜鹃不情愿地倚在床头，眯着眼：大梅，你这是怎么了？

大梅就单刀直入地问：杜鹃，你说实话，你对林斌到底是怎么想的？

杜鹃打个哈气：就这事呀，烦死了。

说到这她又躺下了，大梅再次把她拖起来。

杜鹃不耐烦地说：我跟你说一百遍了，我要跳舞，对恋爱没兴趣。 你要对林斌有兴趣，我帮你介绍。

大梅立刻瞪大眼睛：真的？

杜鹃：我保证。

大梅：杜鹃你说话要算数。

杜鹃伸出手和大梅拉了钩。大梅心满意足地回到自己的床上躺了下来。杜鹃随手关了台灯。

大梅躺在床上意犹未尽地说：杜鹃，为什么那么多男人喜欢你，你教教我。

杜鹃在床上含混地：大梅，你别胡说，我不会恋爱的。

大梅盯着天棚：林斌喜欢你，白杨也喜欢你，你是怎么做到的？

大梅一说到白杨，杜鹃心里"咯噔"一下，湿湿的感觉又一次包裹了她。她下意识地伸手去摸自己的嘴唇，自己也不知怎么了，闲下来总是会想起白杨，以及懵懵懂懂的那个初吻。这段日子白杨到她们练功厅次数少了。每当训练时，她都下意识地去望那扇门，似乎在盼望白杨推门进来，笑嘻嘻地坐在那把椅子上，可白杨却迟迟没来，她心里有些失落也有些遗憾。

在文工团走廊里，她还是看见过白杨几次身影，一见到他的身影，她的心就乱跳个不停，然后就是浑身乏力，似乎力气被抽空了。直到好久，她才能平复下来。白杨说过的话，做过的一切，都成了她心里的秘密，一闲下来，便在心里玩味。那一刻，她是幸福的。

大梅已经睡着了。

杜鹃却失眠了，她想起了白杨，以及他对她的每个细节。白杨在她心里具体而又生动。

约会

周六的晚上,林斌又一次来电话:约杜鹃在周日上午九点南湖公园门口见。

杜鹃拿着电话听着林斌的话,自己一直没说话,她在想着大梅。

林斌在电话那端说:杜鹃,你听见了么?

杜鹃恍怔过来冲电话:嗯? 啊!

说完放下了电话。

星期天上午,杜鹃和大梅来到了南湖公园。 大梅一大早就起来了,冲着镜子把自己精心打扮了。 一边打扮一边看表,一遍遍催促着杜鹃:快点,别晚了。

两人终于出门,坐上通往南湖的公交车,大梅还冲着车窗玻璃打量自己,一遍遍问身边的杜鹃:你看我今天漂亮么?

杜鹃不耐烦地:漂亮,都说一百遍了。

两人下了公交,向南湖公园门口走去。

林斌已经到了,穿着军裤、衬衣,皮鞋和头发一样光亮。

林斌远远地看见了两个人,怔了一下,他看眼杜鹃,又望眼大梅。

杜鹃走近停下来,把大梅往前拉了一步道:这是我们舞蹈队的王大梅,我们同宿舍的。 林参谋,我今天要加班排练,让大梅陪你吧。

杜鹃低着头,望着自己的脚尖一口气把话说完,转身就走。 走了两步,想起了什么,又回过身冲怔怔的林斌敬了个礼。 再次转身,她飞跑起来。 一辆公共汽车开过来,门一打开,还没等下人,她一步挤了进去。 公交车开动了,林斌才把目光收回来。

大梅伸出手:林参谋,我们又见面了。

林斌僵硬地把手伸过来,大梅握住了林斌的手,并没有马上放下,她仰起头,大胆火热地问:林参谋,我给你写过信,为什么没回信?

林斌:噢,噢……

大梅又一笑:我们不能在这傻站着吧,我去买票。

她放开林斌的手,向售票口跑去。

林斌望着大梅的背影,想起了大梅抄给他的那两句诗。

杜鹃从外面回来,一身轻松地朝文工团走去,白杨骑着自行车从里面出来,看见杜鹃,他叉开双腿让车停住,头也不回地道:上车。

杜鹃立在那,并没有回头:我还要去训练!

白杨又重复了句:上车!

杜鹃回过头,看着白杨的背影。 风吹着白杨的衬衣,像帆似的鼓了起来。 她犹豫了一下,还是一蹦坐到了车后座上。白杨双脚离地,车向前窜了出去。

杜鹃也说不清楚,为什么会对白杨的要求无法抗拒。 虽然犹豫，但还是坐上了白杨的车。她甚至都没问他要把她带到哪里去。

白杨径直把车骑到了军区小靶场。

军区机关一共有两个靶场。大靶场专供部队用的，那里可以射击轻重机枪，甚至可以打炮。小靶场是为首长而建的。这里摆放着轻型武器，比如冲锋枪、半自动步枪、手枪。

靶场里有个参谋早在那里等候白杨了，参谋姓李，是白杨的发小。李参谋勾肩搭背地把白杨领到靶位上，用手一指摆放好的长枪、短枪道：每个枪里都装满了子弹，有本事你就打到天黑。

说完打个哈欠，回宿舍去睡觉了。李参谋路过杜鹃身边时，还叫了声：嫂子，你玩好。李参谋痞痞地笑笑，不紧不慢地走去。

白杨把一支手枪递给杜鹃，杜鹃当学员那会，搞过军训，也打过靶，以前用的是半自动步枪，还没射击，她们这些女孩子就开始尖叫，闭着眼睛，堵着耳朵。打靶是她们的任务，当时杜鹃却不知自己是如何把子弹射出去的。

杜鹃见白杨把枪递给自己，恐惧地向后退去。白杨似乎对枪情有独钟，他冲杜鹃道：看着我。

白杨举枪向前方的靶位射击，枪声嘹亮，白杨不像在射击，而是在玩枪。枪在他手里变成了玩具。枪声刺激了白杨，他兴奋地脸颊潮红。

杜鹃捂着耳朵，躲在一旁，她闭着眼睛。

白杨又换了一把枪，拉过杜鹃，杜鹃抗拒地往外推着枪，白杨把杜鹃揽在胸前，抓过杜鹃的手，把枪放到杜鹃手里，白杨和杜鹃一起握着枪。杜鹃软着身子，低声地说：我害怕。

白杨在杜鹃耳边道：我八岁就在这里打过枪，打完这次，你就再也不怕了。

他不由分说，抓过杜鹃的手，便开始射击。枪声响了起来，干脆利落，回音不绝。打了几枪之后，杜鹃果然不再那么害怕了。她睁开了眼睛，眼前是枪，还有两双握在一起的手，白杨的手紧紧包裹着自己的手，她还感受到了白杨温热又坚实的胸膛。她整个人都被裹在白杨的身体里，她被雄性的味道笼罩了，她有一丝晕眩，就是那天白杨湿吻她时的那种感觉，她迷离了，枪声还在手里响着，一枪又一枪。此时的枪声已经远离了她，只有白杨，他的气味、温度和硬度，她也说不清自己为什么会对这一切如此敏感。

一个弹夹的子弹射完了，白杨从靶位上又拿过一个弹夹，轻轻一磕又装上了子弹，还是那个姿势，温热的弹壳从枪里退出来，在杜鹃面前跳跃着，它们像一群精灵。此时的杜鹃依偎在白杨有温度又有硬度的怀里，她已经不再惧怕枪声了，相反，枪声刺激着她，她体会着从来没有过的欢愉感。她嘴里发出啊啊的声音，魂魄似乎从身体里飘出来，随着枪声在半空中舞蹈。

不知何时，枪声戛然而止。

白杨把枪从她手里拿下来，放到靶位上。她的魂魄似乎还没有收回来，她迷离着目光望着前方，太阳很好，破碎地照耀在眼前。她呼吸急促，两颊潮红。突然，她的身体被白杨扳了过来，面对面地朝向白杨。白杨望着她，她只能虚弱地望着白杨，她微喘着。白杨一把抱住她，脸快速地贴了过来，突然而至的动作,让他们的牙齿碰在了一起,发出细碎的声音。 很快,她就被湿湿地覆盖了。 这是一个深情又冗长的吻,白杨的舌头横冲直撞地直抵她的口腔,他的舌头勾住了她的舌头,起初的一瞬,她用舌头抗拒着他的舌头,只有两个回合,她缴械了,任由他的舌头像鱼一样地在她身体里游。

时间仿佛凝固了,一分钟,也许两分钟,白杨的嘴离开她。 他气喘着道:杜鹃,我爱你。 我一定要娶你。

她也气喘着,绵软无力地望着他。 他又一次用嘴覆盖了她。 这一次,她感受到了白杨有力的臂膀死死地把她勒向他的身体,骨关节发出细碎的声响,她"呃"地发出了口气。 她想反抗却无力反抗,她想挣扎,却不愿意挣扎。 她的胸被白杨挤压着,一种疼痛的快感,让她嘴里发出"呃呃"的声音。 她只能闭上眼睛,把自己的一切都交由白杨。

杜鹃幸福着也快乐着。

此时的林斌和大梅还在南湖公园的林荫路上走着。 两人的脚步噔噔有声。

走到一棵柳树下,大梅侧过身,伸手抓住了一枝柳枝。 回过身,优美地望着林斌。 林斌也望着大梅。

大梅歪着头,顽皮地问:林大参谋,为什么不给我回信?

林斌躲开大梅的目光,望着别处。

大梅放弃了柳枝,蹦到林斌的眼前:是不是觉得我不如杜鹃优秀?

林斌望着大梅的眼睛,一张青春生动的脸在他眼前荡漾着。

大梅不依不饶:说话呀,是不是?

在大梅的逼视下，林斌躲开大梅如火如炬的目光，小声地：不是！

大梅兴奋起来，顺手揽过林斌的手臂：那是什么？

大梅没再放开林斌的手臂，像许多恋人一样，大梅挽起了林斌的臂膀。在最初的一瞬间，林斌的动作有些僵硬，甚至不自然。大梅把五指插在林斌的五指间，两只手紧紧扣在一起，女孩软软细细的手在林斌的手里，细滑温润，这种感觉很快传遍了林斌的全身，他紧绷的神经顿时松懈下来。

大梅倚着林斌，她找到了依托，她开始向林斌述说文工团的事，说刚当学员时的第一次紧急集合，慌慌张张地跑到别人的队伍里，还说到第一次夜行军，她和郑小西躲到树林里去睡觉，一直到队伍回到原地，她们又偷偷溜回到队伍中来……大梅的话题轻松而又愉悦。

林斌也说自己，说小时候在大院里抓特务的游戏，说到两个牺牲的哥哥，自小就想成为一名英雄，果然就立功了，还说到了自己的父母……

大梅对林斌的经历充满了好奇，尤其对林斌的家庭，首长的小白楼让大梅觉得充满了神秘和幻想。

后来两个人又一次走到湖边的码头，他们又一同划了一次鸭子船。这一次，林斌买来了小食品还有饮料，给自己还买了两听啤酒。林斌不紧不慢地蹬着船，湖水在他们身边荡漾。大梅望着眼前的林斌幸福不已。她觉得自己已经走进林斌的心里，林斌已经接纳了她。这时大部分时间都是林斌在说，大梅说的最多一句话就是：那后来呢……

后来他们在夕阳西下时走出了南湖公园。和进来时完全不同,他们五指紧紧地相扣在一起,俨然成了一对热恋的情侣。一直到他们坐上公交车,下了车,两手都一直没有分开过。

他们一直回到军区大院门前,两只手才不情愿地分开。

林斌深情地望着大梅道:过两天,我带你去我家……

大梅用力地点点头,她呼吸急促地冲林斌道了一声:再见……

她像一只小鹿一样奔跑着离开林斌的视线。在林斌眼里,大梅此时是个可爱的女孩。

幸福的大梅

星期天的傍晚，大梅兴高采烈地随林斌走进了小白楼。

小白楼里的一切，大梅都新鲜，就连门口的警卫，她也多看了两眼。首先接待大梅的自然是林斌的母亲。已经离休在家的文工团政委。平时闲在家里，没人陪前马政委说话，家里来了人，她有太多的话要说。说起以前的文工团，议论起现在文工团还在的老人，细数着历史，叙说着自己的辉煌过往。

大梅已经把小白楼当成自己的家了，她觉得自己应该就是这里的主人，她不断地为林斌母亲倒茶，甚至反客为主地剥了个香蕉递到林母的手上，她不停地微笑，不时地插上句话。是林母下一个话题的转折和铺垫，林母许久没有这么痛快地长篇大论了，最后她看着大梅，大梅一张笑脸迎着她。她就说：不错，这孩子懂事。说完还抓住了大梅的手。

此时，炊事员已做出一桌丰盛的饭菜，提醒林母道：首长，可以开饭了。

林母扭头冲楼上喊：老林，吃饭了。

楼上响起脚步声，传说中的林副司令从楼上下来，大梅忙过去，跑上两个台阶去扶林父。

林母笑了,冲林斌说:看见没有,这个大梅比那个杜鹃强。

说完向桌边走去。饭桌上,林斌又一次向父亲介绍了大梅。

林父慈祥地把大梅看了,嘴里不停地说:好,好,不错,吃饭吧。

席间,林母开始详细地问了大梅的身世,大梅小声地回答了。

林父听了,并不插言,只不停地说一个字:好。他就像在听下级向他汇报,为了表示自己听明白了。这个"好"字很中性,既不赞同也没否定,类似于皇帝的批折:知道了。

一顿饭很快吃完了,林父又上楼了。林父的脚步在楼梯上消失后,林母又拉着大梅的手坐在沙发上。一顿饭下来,林母似乎又对大梅亲近了几分,俨然把她当成了未来的儿媳。说这个家,说了林斌的两个哥哥,最后又说了林斌的优缺点。林斌坐在一旁有一搭无一搭地看着电视。

大梅是个聪明人,林母滔滔不绝地说话,她从来不多嘴,一直微笑着倾听,不停地点头。不停地说着:是,就像一个下级在聆听着领导讲话。林母要的就是这种感觉和氛围,时间一分一秒地过去了。

林斌一直在看表,最后忍不住了才打断母亲道:妈,时间差不多了,一会文工团该熄灯了。

林母这才打住滔滔不绝的话题。破例把大梅送出家门口,冲大梅一遍遍地说:大梅,以后想来就来,这里就是你的家。

大梅听了,心里涌动起温暖,她幸福地冲林母招手再见道：阿姨，快回去吧，我一定会常来。

林斌送大梅往回走，离开小白楼，路灯暗了。她抓住林斌的手，两只手就握在一起。大梅幸福地说：你妈这人真好。

林斌握着大梅的手用了些力气。两人恋恋不舍地在文工团宿舍楼下分手。

那一晚，大梅兴奋得睡不着，她躺在床上不停地向杜鹃叙说在小白楼林家见到的一切，从林父又到林母，又到林副司令家的警卫员到炊事员，甚至林家的摆设，这一切在大梅的描述中，都是那么的新鲜和美好。

这就是恋爱中的大梅，幸福中的大梅。

杜鹃在对面床上睡着了，大梅才停止了叙说。可她的兴奋劲还没过去，她把双手放在脑后，两眼放光地望着暗处的天棚，想象着嫁给林斌之后在小白楼里生活的日子。

大梅恋爱的新闻很快在文工团里传开了。

恋爱后的大梅似乎变了一个人，亢奋而又喜悦，她哼着歌，走起路来一蹦一跳。从那以后，她只要一有时间，就去小白楼里坐一坐，每次回来，都要把所见所闻，绘声绘色地描述给杜鹃听。

杜鹃安静地听着大梅叙述着自己的幸福。

杜鹃自己也沉浸到自己的幸福中了。

杜鹃频繁地和白杨约会。之前，每次白杨约杜鹃，杜鹃是被动的，甚至内心里还有一丝不情愿，现在她盼着白杨约她，有时一天见不到白杨的身影，她心里会空空落落的。她喜欢每次和白杨约会的新鲜和刺激，还有白杨身体的温度和硬度。这一切都让她沉醉和迷恋。白杨作为男人，敲醒了沉睡在她心底的荷尔蒙。

杜鹃身不由己地陷入到了对一个男人的爱恋中，可她又割舍不下自己的舞蹈梦。队长是她人生的样板，队长为了舞蹈三十多了至今未婚。从当学员时，队长就以身说法地教育过她们这批学员。杜鹃一面不想恋爱，要学习队长做一个纯正的舞者，另一面，她又无法抗拒白杨的诱惑。杜鹃在一半是海水一半是火焰中纠结着。

又一个星期天，白杨不知从哪借来了一辆三轮摩托车，停在文工团宿舍楼下。白杨一边轰响油门，一边大声地喊着杜鹃。许多宿舍窗前露出一张张脸，注视着白杨，杜鹃匆匆地从楼上下来，白杨拧了下油门，大声地喊：上车。杜鹃坐在车头里，摩托车轰响着开了出去。

身后窗子里是一溜新奇羡慕的目光。

杜鹃并不问白杨要把车开到何方，她喜欢和白杨每次约会的出其不意，任由风吹起她的头发。街道、树木、人流在他们身边快速掠过。杜鹃感到自己在飞翔。

白杨开着摩托车出了城，直奔海边，海的臂弯呈现在她的眼前。车转了几个弯，最后停在一片沙滩旁，这是一块尚未被开发的海滩，无人光顾，沙滩上有两艘渔民的船，丢弃在沙滩上，任由海水风雨冲洗着。几只海鸥在海面上飞翔，水天一色的景象令杜鹃兴奋难耐。她的手被白杨牵引着，两人甩了鞋，光着脚向沙滩跑去。

海浪拍打着沙滩，两人赤着脚，牵着手站在海水里。白杨望着海面，目光追寻着海鸥，他突然有了作诗的冲动。他牵了杜鹃的手，让杜鹃站在旧船上，张开双臂冲杜鹃道：我给你朗诵首诗吧。

杜鹃闭上眼睛，双手合十，做出听诗状。

白杨朗诵道：

> 蔚蓝的海面雾霭茫茫，
> 孤独的帆闪着白光，
> 它到遥远的异地寻找什么？
> 它把什么抛弃在了故乡，
> 呼啸的海风翻卷着海浪，
> 桅杆弓着腰在嘎吱作响……
> 唉，它不是在寻找幸福，
> 也不是逃离幸福的乐疆。
> 下面涌着清澈的碧流，
> 上头洒着金色的阳光，
> 不安分的帆儿却祈求风暴，
> 仿佛风暴里才有宁静之邦。

白杨激情洋溢地把莱蒙托夫的一首《帆》一口气朗读完毕，他跪在沙滩上，跪在杜鹃的面前，张开双臂，望着站在旧船上的杜鹃，用诗朗诵的声音表白着：杜鹃，嫁给白杨吧。让大海、白云、海鸥还有风，让所有的一切做证。杜鹃我爱你……

他一口气说完，张开双臂定格在那里，起初的一刹那，杜鹃惊怔在那里。她以为白杨又是一个玩笑或者恶作剧。她望着沙滩上的白杨。

她甚至看到了白杨因激动而眼睛潮湿，有两滴晶亮的眼泪溢出白杨的眼眶。 她的心瞬间融化了，她跳下船，一下子扑到白杨的怀里。 白杨顺势把她抱了起来，让她身体离开沙滩，疯狂地旋转着，一边转一边喊：杜鹃是白杨的老婆了……

　　他们双双跌滚在沙滩上，白杨把杜鹃压在身子下，深情又疯狂地去吻杜鹃。 杜鹃软了，化了，和沙滩融在一起，白杨就像海水，一浪又一浪地冲刷着自己。

　　在迷离中，心底里的梦缥缈地呈现在她的眼前，那是一个穿着红舞鞋的杜鹃在追光灯影中疯狂地舞蹈。

各自的幸福

夏天很快过去了，秋天在收获着爱情。

不知是巧合还是老天的安排，杜鹃和大梅的婚礼都安排在了同一天。那年的十月一日。国庆日，吉祥的日子。不仅杜鹃和大梅的婚礼安排在了这一天，全国许多青年男女都把这个日子作为了自己的婚礼日。

杜鹃即将结婚前夕，张队长把杜鹃叫到了自己的办公室。她幽怨地望着杜鹃。杜鹃低下头，愧疚地道：队长，对不起，但我保证结婚后也会好好跳舞。

张队长叹口气。望着杜鹃说：杜鹃你记住，要想跳舞，千万别要孩子。

杜鹃抬起头，认真地冲张队长点了点头。

张队长又叹口气道：杜鹃，你在我心里是一个真正的舞者。

杜鹃冲着队长失望的目光道：队长，对不起。

结婚的前一天，是大梅和杜鹃共处一室的最后日子。两个闺蜜因为相同的幸福，她们久久不能入睡。两个干脆挤在一张床上，叙说她们的心事。

大梅说：杜鹃，当初白杨和林斌追你时，你不是说谁也不嫁么？

杜鹃无奈地说：可我爱上了白杨，我没有办法了。

大梅一笑刮了一下杜鹃的鼻子：真是爱情让人身不由己呀。

杜鹃也笑了。

大梅：林斌的妈说了，我结婚后，就给我换个工作。

杜鹃吃惊地：你不跳舞了？

大梅很有远见地：跳舞有什么好，又不能跳一辈子。早晚得改行。林斌妈说了，早改早适应社会。

现在大梅张口林斌妈，闭口林斌妈，仿佛她已经成为了林斌母亲的新闻发言人。

杜鹃望着大梅：咱们十几岁就开始跳舞，怎么能说不跳就不跳了呢。

这回轮到大梅吃惊了，她望着杜鹃：别傻了杜鹃，趁白杨的父亲还没离休，让他托人给你换个工作吧。再过几年，跳不动了，到那会儿可没好工作选了。

杜鹃依旧无奈地望着大梅：为什么要换工作，我要跳一辈子。

大梅笑了：别天真了杜鹃，以后你得生孩子，照顾老人，跳什么一辈子，你做梦呢吧。

杜鹃想起了队长，坚定地说：不，我不生孩子，我要永远做一名舞者。

大梅躺在杜鹃身旁，揽过杜鹃道：不说那些了，今天咱们是最后住在一起了，不知以后还有没有同宿舍的机会了。

两人都不说话了,望着熟悉的宿舍,这是她们共同居住过几年的宿舍。身下的床、书桌、台灯,一切一切,她们都是那么的熟悉。这里的一切陪伴她们长大,突然离开熟悉的环境,她们还有些留恋和不舍。

　　告别过去,意味着重生。大梅一直这么认为。

　　第二天,杜鹃和大梅如约还是被白杨和林斌接走了。

　　白杨依旧骑着那辆三轮摩托,摩托车把上系了两朵大红花。白杨换了一身新军装,他骑在摩托上,轰着油门,扬起头,冲楼上喊:杜鹃,我来了……

　　杜鹃也穿着军装,背着挎包,手里提了一个帆布提包,这是她当兵几年的全部家当了。白杨走下摩托车,提过杜鹃手里的提包放到车斗里,转身骑上摩托,杜鹃骑在白杨的身后,双手搂紧了白杨的腰。

　　白杨大叫一声:出发……

　　摩托车轰鸣着窜了出去。他们的样子,就像出门做一次旅行。

　　大梅是被林斌父亲的上海牌轿车接走的。车一直开到文工团宿舍楼下,车的宽脸上系着红花,机器盖子上,还贴着大红的喜字。林斌从车上下来,大梅提着提包早就等在楼道里了,车一来,她就迫不及待地跑了出来。

　　司机过来,接过提包放到后备箱里,林斌拉开后座车门,大梅走到车前,回望了一眼,楼上楼下站满了文工团看热闹的人,众人都在羡慕地望着她。大梅微笑着冲众人招着手,然后不紧不慢地上车。林斌也坐上去,关上车门,车就一溜烟地走了。身后是一片众姐妹的再见声。

杜鹃和大梅双双地结婚了。

杜鹃住进部长家四室一厅的房子里。大梅如愿地住进了小白楼。

她们不再住集体宿舍，但每天晨练和日常的排练，依旧一如既往。日子依旧，似乎所有的一切也不曾改变。

不久，军区的一纸调令下到了文工团。大梅被调走了。她仍然在军区工作，新的岗位是后勤部的一名助理员。

大梅告别了文工团舞蹈队，她对自己的调动早就有心理准备。离开文工团那天，她喜气洋洋，依次和姐妹们拥抱，不停地重复一句话：有空去后勤部找我玩。

她最后和杜鹃告别时，附在杜鹃耳边说：杜鹃别傻跳舞了，能有什么出息。

杜鹃微笑着把大梅推开，招手道：大梅，常回来玩。

大梅招了一圈手，转身走了。离开文工团，离开了练功房，告别了作为舞蹈演员的生活。

郑小西搬进了杜鹃和大梅住过的宿舍，她抚摸着她们用过的物件，开始幻想以后未来的生活了。二十出头的女孩子，不可能不操心自己未来的生活。杜鹃和大梅成为了舞蹈队女孩子的标杆。

生活在别处

杜鹃婚后和白杨的父母住在一起，这是一套四室一厅的师职房。白杨的哥姐，已经结婚另过日子了。家里只剩下杜鹃、白杨和父母。

上个世纪八十年代，能拥有一套四居室的房子，已经很奢侈了，许多工人家庭，一家四五口还挤在几十平米的小平房里。

白杨家虽比不上林斌家的小白楼那么宽敞体面，居住也足够了。

白杨的父亲作为军区的宣传部长，整日里工作很忙，经常下部队主抓宣传典型，要么就是机关没日没夜的开会。即便回家，也就是睡觉休息一下。主持这个家的是白杨的母亲，军区机关门诊部的吴主任。吴主任已经五十出头了，年轻时是学医的。先是在军野战医院当医生，后来随白部长调到军区就一直在军区门诊部工作。

门诊部工作不忙，日常工作就是为首长提供保健，为机关的干部战士开一些头痛脑热的药。平日里就显得很清闲，按点上班，按点下班。

作为医生出身的吴主任，职业习惯总是关心杜鹃的身体。作为舞蹈队员，尤其是女孩子，总是要控制饭量，只有这样才能控制体重。几斤多余的肉长在一般人身上并不觉得有什么，但对舞蹈演员来说却是致命的。在舞蹈队经常形容舞蹈演员是猫的饭量，驴的劳累。为了艺术，舞蹈演员只能牺牲口腹之欲了。杜鹃的饭量在吴主任眼里是不可思议的，她每天做完饭，都要把杜鹃的饭盛了满碗，还不停地往她的菜碟里夹肉夹菜，看着满满一碗饭，杜鹃就傻了。她叫了一声：妈，我可吃不了这么多。

说完端起碗把饭就往白杨碗里拨。吴主任就拉下脸，用筷子敲着桌子道：杜鹃，你看看你，都瘦成啥样了，你身体这样，怎么能生孩子？

杜鹃和白杨结婚，吴主任就给两人下了命令：你们要早点生孩子，趁我还年轻，有体力帮你们带孩子。

当时杜鹃并没有把婆婆的话当真，以为就是句玩笑话。

吴主任当了一辈子军医，并不会开玩笑，她说的话，就是她的心声。在日常生活中，吴主任把杜鹃当成了会生会养的女人。杜鹃因为跳舞，身体出奇的瘦，这在医生眼里并不是好兆头，甚至认为这样下去，会影响生育。为了杜鹃早日生养，吴主任要把杜鹃的身体喂胖了，早日达到生育标准。

每次杜鹃把饭拨到白杨的碗里，她都会遭到吴主任脸不是脸，鼻子不是鼻子的数落。白杨并不站在她的立场上，在母亲数落杜鹃的工夫，自己几口吃完了饭，夹起围棋盒子，冲吴主任道：妈，我下棋去了。

杜鹃自从结婚后，才知道，白杨是个围棋迷，在家里没事就研究棋谱，嘴里念叨的不是这种流就是那种流。只要有合适机会，就约那些单身男军官去下棋，有时半夜才推开家门。

恋爱中的白杨已经不见了，热情和浪漫随着婚姻生活步入正轨而消散。恰恰杜鹃是被白杨的浪漫和热情所俘获，现在这一切已经消失。

白杨白天上班，下班回家吃饭，吃完饭就去下棋，有时也去体工队的拳击馆和人学拳击。白部长和吴主任对儿子的所有一切，早已习以为常了，并不做过多干涉。

有一天，凌晨白杨才回到家里，简单洗漱躺回到了杜鹃的身旁，杜鹃醒了就说：你以后能不能回来早点？

白杨就笑嘻嘻地搂过杜鹃道：怎么，你想我了？

杜鹃把白杨推开，压低声音道：你回来这么晚，影响我休息，人家明天早晨还要练早功呢。

白杨就大咧咧地道：今天作战部的老刘，非拉我多下几盘，走不开。下次注意，一定早回。

说完转了个身，已经打起了鼾声。

杜鹃却迟迟睡不着，她开始后悔结婚了。早知道婚后这样，她一定不会结婚的。婆婆逼她吃饭，她不吃，婆婆就拉长脸不高兴，她只能硬着头皮吃，吃完躲进洗手间，把手指头捅进嗓子眼，再把吃的东西吐出来。常年节食让舞蹈演员的胃已经变小了。多吃一口都难受。况且，杜鹃不会让身体长胖的，她要舞蹈，舞蹈才是她的梦想。

一个周末，白部长没下部队也在家，吴主任张罗着要包饺子，杜鹃的任务是剁饺子馅。吴主任交代完杜鹃就去客厅嗑瓜子聊天去了。

杜鹃一边剁饺子馅，一边把一只腿放到灶台上，她在压腿，手里并没停止剁饺子馅。 不知什么时候，吴主任出现在她身后，大喝一声：杜鹃，有你这么干活的么？

杜鹃忙把脚收回来，笑着道：妈，我没耽误干活。

吴主任把杜鹃挤开，手握菜刀一边剁馅一边数落着：你们这些跳舞的，从小离开父母，就是缺少家教，干什么都没个样。

杜鹃站在婆婆身后，任凭婆婆数落着。

吴主任又说：这个破舞有什么好跳的，你看人家王大梅，说不跳就不跳了，到后勤当了助理，一天八小时上班，家里的事什么都不耽误，你可倒好，今天演出，明天汇演的，你说你到底什么时候才能生孩子？

杜鹃眼泪下来了，她忍不住，跑回自己的房间，一头扎在床上，趴在床上轻声地哭了起来。

不知过了多久，婆婆又站到了她的门前，推开门：杜鹃，你也老大不小了，我像你这么大，老大都生出来了。 说你几句还委屈了，真是的！ 起来，包饺子。

婆婆鼻子不是鼻子，脸不是脸地又回厨房去了，杜鹃只能用枕巾擦了泪，爬起来，一百个不情愿地走进厨房。

这会儿，她多么希望白杨能在自己的身旁呀，即便不站在自己这边，哪怕安慰自己几句，她心里也会好受，可白杨这会正跟人下棋呢。

杜鹃更不明白，恋爱中的白杨怎么和婚后的白杨像变了一个人似的。 说话的语气，腔调，以及对她的关心，完全就是两个人。 杜鹃有时会突发奇想，以前的白杨是不是被人调包了，而现实这个白杨究竟是哪个白杨。

杜鹃打心里开始厌恶婚姻,后悔自己轻信了白杨的甜言蜜语。

更糟糕的是,不久,杜鹃发现自己怀孕了,大清早,她开始呕吐,却吐不出什么东西来。

婆婆吴主任却高兴得要死要活,她拉着杜鹃来到门诊部,亲自为杜鹃做了一次孕检。结果得到了验证。

吴主任当即又写了一张假条:怀孕八周,建议休息。

她把假条递给杜鹃并吩咐道:把假条交给你们文工团领导,你马上回家休息。想吃什么跟妈说。

杜鹃从没见婆婆如此的热情亲切。

杜鹃一离开门诊部,就把假条撕碎,扔到垃圾桶里。文工团马上要参加全军汇演,她的一个独舞已经被军区选中,她正全力以赴地准备汇演,怎么能因为怀孕而放弃这次汇演呢。她们汇演是在北京的总政礼堂,这是全军最高规格的汇报演出。各军区都在全力以赴准备自己拿手的节目。

杜鹃不想要这个孩子,她不能因为怀孕而错过这次汇演。

检查结果出来的第二天,她自己偷偷去了一趟军区总院,把孩子做掉了。回到家里,她在床上躺了三天。被蒙在鼓里的婆婆,以为杜鹃在保胎,极尽温柔热情地为杜鹃煲汤做菜地忙碌了三天。就连整日不着家的白杨,在那几天,很早就回来了,望着躺在床上的杜鹃问:老婆,我帮你削个苹果吧。

白杨不仅为她削了苹果,还为她朗诵了一回诗。那三天,杜鹃是幸福的。

第四天,她又回到了训练场,为了让自己能够顺利演出,她瞒着婆婆,可却无法瞒过白杨。

当文工团确定汇演篇目时,杜鹃的节目赫然在列。当即,白杨向文工团长和政委反映:杜鹃不能参加汇演,她怀孕了。

白杨的话,让团长和政委也感到吃惊。当即找来杜鹃,杜鹃知道戏演不下去了。她只能实话实说:我的孩子已经做掉了,我要参加汇演。

文工团的领导感动杜鹃的执着,可对白杨一家来说,不亚于发生了一场不大不小的地震。

婆婆吴主任不再和杜鹃说话,一张脸拉得恨不能去砸脚面,杜鹃怀孕时,悉心照料、嘘寒问暖的婆婆早已不见了踪影。

白杨更是早出晚归,即便回到家里,躺在床上也只留给她一个后背。一家人用无声的力量表达着对杜鹃的不满。

杜鹃只能在这压抑的气氛中沉默着。

一天晚饭,一家人都聚齐了,婆婆吴主任突然说:杜鹃,你要是还想有这个家,汇演完就把工作换了吧。趁你爸和我还没退休,求求领导还有这个面子。

杜鹃低着头,她不知自己如何表态,但心里的念头是坚定的,自己无论如何也要把舞蹈跳下去,舞蹈是她的梦,也是她的命。

白杨夹了菜放到杜鹃碟子里道:吃饭吧,我赞成妈的意见,跳舞又不能跳一辈子。

那天晚上,她冲白杨说:我要住到团里去。

白杨吃惊地望着杜鹃。

杜鹃:还有一个多月就要进京汇演了,我要加班训练,你告诉妈一声。

白杨没有说话，伸手关了灯，自己一个人躺在床上。杜鹃在暗处默立了一会儿，也悄无声息地躺在了床上。

第二天早晨，杜鹃收拾了简单的东西，就去了团里，她又住回了以前的宿舍，和郑小西同住在一起。她不用再每天回白杨的家了，吃住在团里，她又恢复了单身生活的状态。除了练功厅就是宿舍，那一阵子，杜鹃的生活充实而又美好。

大梅怀孕了，每天她腆着隆起的肚子，上班下班，她脸色红润精神饱满。冲认识的人打招呼，冲不认识的人点头微笑。

每天下班，林斌总会站在机关大楼门前的台阶下，等着大梅。大梅从电梯上下来，用手托着腰，夸张地挺着肚子一步步挪到林斌面前，林斌拉过她的手，两人向家属区小白楼方向走去。

大梅去门诊部做孕检，见到了杜鹃的婆婆吴主任。吴主任羡慕地望着大梅的肚子就感叹：王大梅，还是你聪明，知道自己要干什么！

大梅把幸福挂在脸上，杜鹃怀孕又做掉的事她听说了，也知道杜鹃因为汇演又住进了单身宿舍。大梅见吴主任这么说，忙替杜鹃打圆场：吴主任，我和杜鹃不一样，她的专业比我好，我是跳不出来了，生孩子这是没出息。

吴主任拉过大梅的手：你不是没出息，是知道女人该做什么。

大梅笑一笑。

吴主任就感叹：当初要是我们家白杨不娶杜鹃，娶你该多好。

大梅从吴主任手中抽回自己的手,满足地笑着说:吴主任,你快别这么说,我可没法和杜鹃比。

杜鹃终于参加了全军汇演,她的独舞获得了舞蹈比赛的一等奖,受到了总政治部领导的接见。

杜鹃回到团里,白杨骑着跨斗摩托把杜鹃接回到了家里。她已经阔别这个家有一段时间了。

吴主任做了一桌子很丰盛的菜,热气腾腾地摆放在杜鹃的面前。 吴主任还破例为白部长和白杨各倒了一杯酒。

吴主任满面笑容地冲杜鹃道:今天全家都高兴。

杜鹃以为婆婆说这话要庆祝自己获了奖。

吴主任却话锋一转道:祝贺杜鹃调离文工团,到文化部上班。

杜鹃愣住了,她没想到,自己去北京汇演这段时间里,公公和婆婆竟运作自己工作的调动。 她吃惊地瞪大眼睛。

婆婆又说:以后杜鹃就到军区机关工作了,也不算改行,干的还是文化工作。 你爸为了你的工作可没少求人。 杜鹃,今天,你要敬你爸一杯酒。

白杨把自己眼前的酒端到杜鹃面前。

杜鹃眼里突然有了泪,她小声地说:我不想换工作。

杜鹃说完,全家人都惊愕地望着杜鹃。

杜鹃小声但坚定地又补充了一句:我要跳舞。

说完站起身,跑回到自己的房间。

饭桌上的气氛凝固了。

像花也像草

杜鹃和白杨离婚了。

杜鹃还做舞蹈演员,并没有去文化部。白杨从文工团调到了军区文化部当了一名干事。

杜鹃离婚之后,大梅抱着满月的孩子回到文工团看望了一次杜鹃。

杜鹃正把腿放到窗台上压着,手里看着一本关于舞蹈理论的书。大梅抱着孩子走了进来,杜鹃惊呼一声奔过去,把大梅的孩子接过来,抱在自己的怀里,冲孩子:叫阿姨。

大梅说:还不会说话呢。

大梅小心翼翼地把孩子从杜鹃怀里接过来,望着杜鹃道:杜鹃,你干吗这么犯傻。

杜鹃平静地微笑着:大梅,我真的挺好的。现在我很快乐。

大梅坐在床旁,怀里抱着孩子:做女人就得结婚生孩子,你还能跳几年舞? 白杨家里条件那么好,在军区打着灯笼也难找。

杜鹃笑着,像个小女孩似的:大梅,我结过婚才知道,其实我还是喜欢单身生活,想干什么干什么,没人管。我现在可以一门心思跳舞了。

大梅不再说什么了,打量着自己和杜鹃曾经住过的宿舍,一切都还是老样子。只不过自己睡过的床被郑小西住上了。窗台上,多了两盆杜鹃养的花,此时,花正滋润地盛开着。

大梅的目光从花上移开,又落到杜鹃的脸上:女人就像这花一样,早晚有一天会开败的。

杜鹃依旧笑着,她的面庞就像盛开的花儿,她淡淡地说:花败了我就做草好了。冬天枯了,来年春天又绿了。

说完咯咯地笑了起来。

楼下传来汽车的喇叭声。

大梅站起来:林斌催我回去了,他担心孩子受凉,这么近的路,还把他父亲的车派出来了。

大梅说完抱着孩子走了。

杜鹃站在窗前,目送大梅离去。林斌为大梅和孩子打开车门,大梅坐进去。林斌坐到副驾驶的位置上。车便离去,一直驶出文工团院子。

杜鹃的目光目送着渐远的车影,她想:大梅也是幸福的。

她收回目光,看着窗台上摆放的两盆花,想起了刚才对大梅说过的话:花败了,我就去做草……

她的话像一首诗。杜鹃心想:自己还会作诗呢。想到这,她呵呵地笑了起来。